D1560379

La tentación vive al lado

MAUREEN CHILD

Editado por HARLEQUIN IBÉRICA, S.A.
Núñez de Balboa, 56
28001 Madrid

I.S.B.N.: 978-84-687-3180-3
Depósito legal: M-16561-2013
Editor responsable: Luis Pugni
Fotomecánica: M.T. Color & Diseño, S.L. Las Rozas (Madrid)
Impresión en Black print CPI (Barcelona)
Fecha impresion para Argentina: 10.2.14
Distribuidor exclusivo para España: LOGISTA
Distribuidor para México: CODIPLYRSA
Distribuidores para Argentina: interior, BERTRAN, S.A.C. Vélez
Sársfield, 1950. Cap. Fed./ Buenos Aires y Gran Buenos Aires,
VACCARO SÁNCHEZ y Cía, S.A.

Capítulo Uno

—¿Habrá una forma femenina para la palabra *voyeur*?

Cómodamente recostado en el jacuzzi del jardín, Griffin King tomó un sorbo de cerveza y observó cómo la vecina entraba en el garaje y volvía a salir con varios sacos de abono.

Nunca había visto a una mujer tan concentrada en su trabajo. La mayoría de las mujeres que él conocía no hacían otra cosa que tenderse en una camilla para recibir masajes. Pero Nicole Baxter era diferente.

La había conocido un año antes, cuando su primo Rafe se casó con Katie Charles, la Reina de la Cocina y vecina de Nicole. Griffin sonrió. Katie seguía llevando adelante su negocio de repostería y, bendita fuera, le había dejado unas cuantas docenas de galletas a Griffin mientras se alojaba con ellos.

A pesar de todas las veces que había estado en casa de Rafe, apenas había hablado con Nicole. Lo único que sabía de ella era que estaba divorciada, que era madre soltera y que nunca dejaba de trabajar. Tal era su tesón que Griffin se cansaba solo de mirarla.

Y sin embargo, no podía dejar de mirarla..

Tal vez fuera la fascinación por lo prohibido, la mujer que nunca podría ser suya. O quizá se sintiera atraído por toda ella.

Sacudió la cabeza y se quitó las gafas de sol para dejarlas en el borde de madera de secuoya. El sol brillaba con fuerza, pero el jacuzzi quedaba a la sombra de un gran olmo que se erguía entre la casa de Nicole y la casa donde Griffin vivía actualmente.

Rafe y Katie estaban de viaje en Europa y Griffin se había ofrecido para cuidar la casa. Griffin había puesto en venta su apartamento de la playa y no soportaba la continua visita de curiosos que no tenían intención de comprar. De esa manera, hospedándose en casa de Rafe, podía respirar tranquilo y al mismo tiempo vigilar la vivienda de su primo.

Una solución ventajosa para todos. Si no fuera por Nicole. La siguió con la mirada mientras ella atravesaba el jardín. Tenía el pelo rubio y no muy largo, a la altura de los hombros, lo llevaba recogido tras las orejas. Vestía una camiseta rosa sin mangas y unos vaqueros cortos y deshilachados que dejaban a la vista unos muslos morenos y bien formados. Sus curvas eran todo un regalo para la vista.

Y saber que ella también lo miraba bastaría para invitarla al jacuzzi… si no lo impidiera una razón de peso.

—¡Mamá!

Connor, el niño de tres años con grandes ojos azules y pelo rubio. Griffin no tenía nada contra los niños. La familia King se había tomado muy en serio el mandato bíblico de «creced y multiplicaos», y Griffin tenía más sobrinos y primos pequeños de los que podía contar. El problema era intimar con las madres solteras. Por mucho que admirase el valor de una mujer independiente capaz de llevar adelante su trabajo y cuidar ella sola de un hijo, Griffin no quería nada serio. Y cuando había niños por medio, siempre surgían complicaciones.

Lo había aprendido años atrás y su regla era inquebrantable: nada de mujeres con hijos.

–¿Qué pasa, Connor? –la voz de Nicole flotó en el aire de junio. Por muy ocupada que estuviera, Griffin jamás había detectado el menor tono de impaciencia en su voz.

–Quiero cavar –gritó el pequeño, y blandió una palita de plástico como un vikingo con una espada.

Griffin sonrió al pensar en la cantidad de agujeros que él y sus hermanos habían cavado en los parterres de su madre. Y cuántas horas de castigo habían pagado por las rosas y margaritas muertas.

–Enseguida, cariño –le dijo Nicole, y le echó un rápido vistazo a Griffin sobre la valla.

Él le respondió alzando la cerveza. Ella frunció el ceño y se volvió rápidamente hacia su hijo.

–Deja que mamá vaya a buscar las macetas al garaje, ¿de acuerdo'

–¿Necesitas ayuda? –le ofreció Griffin.

Ella volvió a mirarlo con expresión recelosa.

–No quiero interrumpir tu baño.

Griffin sonrió. Por el tono en que se lo había dicho parecía estar celebrando una orgía.

5

–Siempre puedo volver a meterme.

–Eso parece –murmuró ella–. No es necesario, Griffin. Puedo arreglármelas sola.

–Muy bien. Si cambias de idea, avísame. Estaré aquí.

–Donde estás todos los días.

–¿Cómo? –le preguntó, aunque la había oído muy bien.

–Nada –respondió ella, y se dirigió hacia el garaje con su hijo pisándole los talones.

Griffin le dio otro trago a la cerveza. Sabía lo que Nicole pensaba de él y le molestaba que lo viera como a un vago, pues aquellas eran las primeras vacaciones que se tomaba en cinco años.

La empresa de seguridad que dirigían él y su hermano gemelo, Garrett, era la más importante del sector a nivel mundial, lo que significaba que los hermanos King siempre estaban ocupados. O al menos así había sido hasta que Garrett se casó con la princesa Alexis de Cadria y se quedó a cargo de las operaciones europeas, mientras que Griffin siguió ocupándose del negocio estadounidense.

Pero hasta el más adicto al trabajo necesitaba tomarse un respiro de vez en cuando, y Griffin había decidido tomarse el suyo mientras una agencia inmobiliaria se dedicaba a enseñar su apartamento de la playa.

Aún no sabía dónde se instalaría. Quería quedarse en algún lugar cerca de la costa, tal vez en una vivienda como la de Rafe y Katie. Lo único que sabía con seguridad era que su apartamento le resultaba demasiado frío e impersonal. Lo había decorado con muy buen gusto una mujer con la que Griffin estuvo saliendo en una ocasión, pero nunca llegó a sentirlo como un verdadero hogar. Y era el momento de acometer un importante cambio en su vida, animado por el matrimonio de Garrett. Él no tenía ninguna prisa por casarse ni nada por el estilo, pero sí buscarse una casa nueva. Tomarse unas vacaciones…

Por desgracia, esas vacaciones no estaban resultando todo lo idílicas que deberían ser. Apenas llevaba unos días relajándose en casa de Rafe y Katie y ya estaba impaciente por hacer algo. Llamaba a la oficina tan a menudo, solo para comprobar cómo iba todo, que su secretaria había amenazado con marcharse si no dejaba de incordiar.

Griffin confiaba en sus empleados, pero la inactividad empezaba a sacarlo de sus casillas. No estaba hecho para quedarse sentado sin hacer nada. No sabía cómo relajarse y disfrutar del tiempo libre. Garrett le había apostado quinientos dólares a que sus vacaciones no durarían ni diez días y que en breve estaría de vuelta en la oficina. Griffin no estaba dispuesto a perder una apuesta, y para ello tendría que pasarse tres semanas sin dar golpe, por mucho que le costase.

¿Qué demonios hacía la gente cuando no trabajaba?

Él sabía muy bien lo que le gustaría hacer, pensó mientras recorría con la mirada las curvas de Nicole. Pero no era solo el hijo de su vecina lo que refrenaba sus impulsos. Katie, la mujer de Rafe, le había dejado muy claro un año antes que Nicole era intocable. En su fiesta de compromiso les había advertido a Griffin y a todos sus primos que su mejor amiga había sufrido mucho por culpa de su exmarido y que no iba a tolerar que un King le hiciera daño.

En el mundo había millones de mujeres disponibles, por lo que a ninguno de los King le supuso un gran problema olvidarse de Nicole Baxter. Lo malo era que Griffin tenía demasiado tiempo libre y sus pensamientos volaban una y otra vez hacia su guapa vecina.

Tampoco le ayudaba el hecho de que, mientras él la observaba, ella lo estuviera observando a él. Y encima con una expresión de descarado interés en el rostro. Griffin no era ningún idiota y sabía cuando una mujer sentía atracción por él, y en cualquier otra circunstancia no habría dudado en aprovecharse de la situación.

Así al menos tendría algo que hacer...

Pero aquella mujer no parecía estar quieta ni un segundo. Cuando la vio regresar del garaje con una enorme bandeja de plantas, Griffin frunció el ceño. Estaba seguro de que no aceptaría su ayuda, pero no podía quedarse de brazos cruzados mientras ella se tambaleaba bajo la pesada bandeja. Dejó la cerveza, salió del jacuzzi y cruzó la puerta que separaba los dos jardines.

—Dame eso —le dijo, y le quitó la bandeja sin esperar respuesta.

–No necesito tu ayuda. Puedo arreglármelas sola.

–Sí, lo sé. Eres mujer. No necesitas a un hombre. Vamos a fingir que ya hemos tenido esta discusión y que has ganado tú. ¿Dónde quieres que deje esto?

Miró a su alrededor hasta localizar las bolsas de abono y echó a andar hacia ellas. La hierba era cálida y suave bajo sus pies descalzos y el agua le chorreaba del bañador. El sol le calentaba la espalda, pero la gélida mirada de Nicole lo traspasaba como dagas de hielo. Dejó la bandeja en el suelo y se volvió. Nicole seguía donde la había dejado, al otro lado del jardín, agarrando a Connor de la mano. El pequeño sonreía a Griffin.

–No ha sido tan horrible, ¿verdad? –dijo Griffin.

–¿Qué?

–Aceptar la ayuda.

–No… Supongo que tengo que darte las gracias, aunque no te he pedido ni necesitaba tu ayuda.

–No hay de qué –repuso, y volvió riendo hacia la valla, el jacuzzi y su cerveza. Nicole le había dejado muy claro que no era bienvenido en su jardín.

Casi había llegado a la puerta cuando su voz lo detuvo.

–Griffin, espera.

Él la miró por encima del hombro.

–Tienes razón –admitió ella–. Necesitaba la ayuda… y la agradezco sinceramente.

–Vaya, parece que alguien se había levantado con el pie izquierdo –repuso él, sonriente.

Ella se rio, y Griffin se vio envuelto por el delicioso sonido de su risa suave y cantarina.

–No, nada de eso… pero podemos firmar una tregua.

–Perfecto –apoyó un brazo en la puerta y miró brevemente a Connor, quien corría hacia su pala de plástico–. ¿Y te importaría decirme por qué nos hace falta una tregua?

Un soplo de brisa agitó los mechones de Nicole, quien se los apartó de los ojos y se los sujetó tras las orejas.

–Tal vez «tregua» no sea la palabra adecuada –miró brevemente a Connor por encima del hombro–. Supongo que Katie te habrá pedido que me ayudes mientras ella y Rafe están fuera y…

–No.

–¿En serio? –preguntó ella, no muy convencida.

Griffin la miró fijamente. Sus cabellos agitados por la brisa. La nariz roja por el sol. Sus ojos tan azules como la bóveda celeste sobre sus cabezas. Una fuerte sensación le atenazó las entrañas. Deseaba a aquella mujer.

–De acuerdo, lo admito. Katie me pidió que le echara un ojo a todo el vecindario… lo cual te incluye a ti. Pero, para ser precisos, nos advirtió a todos que te dejáramos en paz.

–¿A todos?

–A los primos King.

–No me lo creo –una mezcla de asombro e indignación ardió en sus ojos.

–Créetelo. Después de casarse con Rafe nos dejó muy claro que eras intocable.

–Genial… –murmuró ella en voz baja.

Griffin levantó las manos.

–Eh, no fui yo. Solo digo que… no tienes nada de qué preocuparte. No estoy dispuesto a quedarme sin galletas por intentar algo con la amiga de Katie.

Aunque, para ser sincero consigo mismo, a Griffin no le habría importado quedarse sin galletas con tal de probar a Nicole… Si no hubiera sido madre.

Nicole tampoco quería quedarse sin las galletas de Katie. Las mejores de toda California y seguramente del mundo.

Desde que su mejor amiga se casara con Rafe King, había habido un continuo trasiego de hombres ricos, guapísimos y solteros en la casa de al lado. Y todos ellos habían tratado a Nicole como a una hermana pequeña.

Nicole había comenzado a creer que había perdido todo su atractivo femenino. No buscaba una relación seria, eso ya lo había probado con su exmarido y el resultado no podría haber sido peor, pero no le importaría un poco de coqueteo de vez en cuando. Que ningún King se fijara en ella resultaba, cuanto menos, desconcertante.

Pero al fin sabía el motivo.

Entendía los motivos de Katie. Su amiga solo intentaba protegerla, pero Nicole era una mujer adulta que tenía un hijo, una casa y un negocio. Podía cuidar perfectamente de sí misma.

—No tenía que hacer eso.

—¿El qué, preocuparse por una amiga? No me parece tan extraño, sobre todo después de la forma en que la trató Cordell.

Nicole lo recordaba muy bien. Katie había abjurado de todos los King después de su amarga experiencia con uno de ellos. Para poder conquistarla, Rafe tuvo que ocultar su apellido hasta que estuvieron comprometidos.

Por mucho que le molestara la intromisión de su mejor amiga, Nicole no podía enfadarse con Katie por tener buenas intenciones.

Todos los King eran una tentación irresistible para cualquier mujer, pero Griffin estaba en un nivel superior. Había algo en él, su sonrisa, tal vez, o quizá su actitud natural y despreocupada, que le hacía sentir cosas que no sentía desde hacía mucho, muchísimo tiempo.

Nicole se había pasado los últimos días observándolo discretamente. Era difícil no fijarse en él, puesto que se pasaba casi todo el día medio desnudo en aquel maldito jacuzzi. La imagen de sus negros cabellos, sus ojos azules y la piel mojada de sus marcados abdominales pedían a gritos que…

—¿Sufres amnesia o algo así? —le preguntó Griffin.

—¿Eh? ¿Que? —perfecto, Nicole. Pillada in fraganti mientras te lo comes con los ojos—. No, no, estoy bien. Ocupada, nada más.

—Sí, ya me he dado cuenta —se pasó una mano por el pecho y Nicole siguió el movimiento con los ojos.

Maldición. Era como si estuviese hipnotizada por la testosterona.

—¿Nunca te sientas a descansar en la sombra? —le preguntó él mientras se estiraba perezosamente. Los músculos del pecho se tensaron y las bermudas descendieron ligeramente.

Nicole tragó saliva y cerró los ojos un instante.

—No tengo tiempo.

Tener su propio negocio le permitía dedicar las tardes a las labores domésticas. Pero las tareas se acumulaban y con frecuencia le ocupaban los fines de semana. Y además estaba Connor. Miró a su precioso hijo y sonrió. Lo más importante de todo era asegurarse de que el pequeño se sintiera protegido y amado.

No, no tenía tiempo para descansar en un jacuzzi, como Griffin King.

—Connor está cavando —observó él.

Ella ni siquiera miró a su hijo.

—Pues claro. Es un niño y le gusta jugar con su pala.

—Eres una buena madre.

Sorprendida, miró a Griffin a los ojos.

—Gracias. Procuro serlo.

—Se nota.

Sus miradas se mantuvieron durante unos largos y chispeantes segundos, hasta que Nicole giró la cabeza.

—Será mejor que vuelva al trabajo.

—A plantar macetas.

—Sí, pero antes tengo que cambiar la luz de la cocina… ¿Te importa echarle un ojo a Connor mientras voy al garaje a por la escalera?

–¿La escalera?

–Para cambiar la luz del techo.

Él asintió.

–Tú vigila a Connor. Yo iré a por la escalera.

–No es necesario, yo puedo… –empezó a protestar ella, pero él ya se alejaba hacia el garaje.

–Ya hemos tenido esta conversación, ¿recuerdas? No hay problema.

–No hay problema –repitió ella en voz baja.

Apreciaba la ayuda, pero estaba acostumbrada a valerse por sí misma. Sabía desatascar los desagües y apretar las juntas de las cañerías, sacaba ella misma la basura y mataba las arañas.

No necesitaba la ayuda de un hombre.

Pero una vocecita en su cabeza le susurraba lo contrario.

–Está bien –se dijo a sí misma, viendo como Griffin llevaba la vieja escalera de madera sobre el hombro. Sus bermudas parecían haber descendido un centímetro más– me echará una mano y luego se irá a casa.

Y ella podría seguir mirándolo desde una distancia segura.

–¿Dónde está la bombilla nueva?

–En la encimera.

Él volvió a dedicarle una rápida sonrisa.

–La cambio en un santiamén.

No, no le resultaría tan fácil. La cocina, al igual que resto de la casa que había heredado de su abuela, era vieja y anticuada. El tubo fluorescente medía un metro de largo y era casi imposible sacarlo de las pletinas a menos que se supiera cómo moverlo. Tendría que ayudar a Griffin.

Miró a su hijo, que estaba cavando con su pala como los piratas de su libro favorito, seguramente en busca de un tesoro enterrado. Desde la ventana podría vigilarlo sin problemas, por lo que entró en la cocina detrás de Griffin. Él ya había colocado la escalera de mano bajo el tubo fundido, pero le lanzó a Nicole una mirada de reproche cuando subió al primer peldaño y toda la escalera se tambaleó.

–¿Cómo puedes subirte a esta cosa? ¿Quieres romperte la cabeza o qué?

–Resiste bien –replicó ella. La escalera de su abuelo era tan vieja como la casa, pero muy segura–. Si te parece inestable es porque pesas más que yo.

–Si tú lo dices... –murmuró él, y subió otros dos peldaños de la vacilante escalera–. Enseguida quito el tubo.

–No es fácil –dijo ella–. Tienes que girarlo hacia la izquierda dos veces, luego a la derecha y luego otra vez a la izquierda.

–Es un tubo fluorescente, no la combinación de una caja fuerte.

–Eso es lo que tú te crees –repuso Nicole, intentando no fijarse en los abdominales que quedaban a la altura de sus ojos. Estar tan cerca de Griffin King la afectaba peligrosamente.

Pero tenía que recordar que Griffin, como el

resto de los King, era un maestro de la seducción y no podía bajar la guardia con él. Aun así, se imaginó bajándole las bermudas hasta…

–Ya lo tengo –el gruñido de Griffin la sacó de sus fantasías.

–Ten cuidado. Recuerda que primero tienes que moverlo hacia la izquierda.

–Ya-casi-está –tiró del tubo y lo sostuvo en una mano con gesto triunfal–. ¡Listo!

Un torpedo rubio salió corriendo por la puerta trasera. Connor se movía tan rápido que no vio la escalera hasta chocar con ella.

Nicole soltó la escalera para agarrar a su hijo. La escalera se tambaleó hacia la derecha.

Griffin perdió el equilibrio y se agarró con la mano libre al soporte del tubo fluorescente. Lo arrancó del techo. Los ojos casi se le salieron de las órbitas.

Nicole ahogó un grito. Connor chilló. La escalera se inclinó aún más. Griffin se bajó de un salto antes de caer, con el soporte destrozado en la mano.

Tres pequeñas explosiones. Nicole miró hacia arriba y vio las primeras llamas.

–¡Dios mío!

–¡Todo el mundo fuera! –gritó Griffin. Soltó el tubo y agarró a Nicole y a Connor para ponerlos a salvo.

Capítulo Dos

Los bomberos fueron muy amables.

Dejaron que Connor se subiera al camión y se pusiera un casco, bajo la atenta vigilancia de un veterano bombero.

Nicole lo agradeció. Necesitaba un minuto. O dos. O mejor una hora. Suspiró y contempló la desoladora imagen que tenía ante sus ojos. El césped, embarrado, estaba cubierto de mangueras y vecinos curiosos. Incluso el señor Hannity, que debía de tener más de cien años, se había asomado al porche para ver el lamentable espectáculo. En cuanto a Griffin, estaba hablando con uno de los bomberos como si fueran viejos amigos.

De pie y sola al final del camino de entrada, Nicole apenas escuchaba las voces y los ruidos que la rodeaban. Los oídos le zumbaban, tenía un nudo en el estómago y las piernas aún le temblaban.

Su casa…

Aún no había vuelto a entrar. No quería ver en qué estado había quedado la cocina. Podía imaginárselo. Y un inquietante pensamiento se sumaba a su aflicción.

El seguro.

La casa estaba asegurada, pero para poder hacer

frente a las cuotas había tenido que aceptar un deducible muy elevado en la póliza. Eso significaba que tendría que pagar ella misma gran parte de los daños.

¿Cómo podría hacerlo? ¿Y cómo iba a no hacerlo?

–Jim dice que podría haber sido mucho peor.

–¿Eh? ¿Qué? –se sorprendió al encontrar a Griffin ante ella. Estaba tan hundida en su desgracia que no lo había visto acercarse.

–¿Otra vez amnesia? ¿O es tal vez la conmoción? Quizá deberías sentarte…

–No quiero sentarme –lo único que quería era tirarse en la hierba y ponerse a patalear y chillar, lo cual jamás haría–. Quiero ver en qué estado ha quedado mi casa y comprobar si es segura.

–Jim dice que sí.

–¿El bombero con el que estabas hablando?

–Fuimos juntos a la escuela, ¿verdad que es casualidad? Ahora es el jefe de bomberos. Jim Murphy. Casado. Con un millón de críos y…

–Me alegro por él –lo cortó Nicole–. ¿Pero qué ha dicho de mi cocina?

–Bueno… Enseguida vendrá a hablar contigo, en cuanto acabe de revisarlo todo.

–¿El fuego se ha extinguido?

–Completamente –le aseguró él, y le puso brevemente una mano en el hombro–. Lo provocó una chispa eléctrica, como ya sabrás.

Sí, lo sabía muy bien. Seguramente se pasaría varias semanas soñando con aquellas explosiones.

–Al parecer, la instalación eléctrica era muy antigua.

–Hasta hoy funcionaba perfectamente –arguyó ella, aunque Griffin tenía razón. El cableado era viejo, al igual que las tuberías. Había hecho planes para reformar la casa, el baño y el dormitorio. Pero el dinero no le alcanzaba.

–Lo lamento –se disculpó él–. Si no hubiera tirado del soporte…

Una parte de ella quería echárselo en cara, pero, por desgracia, de nada le serviría enfadarse. Sacudió la cabeza e hizo un gesto con la mano para quitarle importancia.

–Son cosas que pasan. Ya no tiene solución.

De hecho, tenía suerte de que Griffin no se hubiera roto la crisma al caer de la escalera. Las facturas médicas habrían sido desorbitadas.

–Además –añadió, girándose para mirar a Connor. El niño le sonrió bajo el enorme casco de bombero–, todos estamos bien, y eso es lo que importa.

–Buena actitud.

Jim Murphy se acercó a ellos.

–Señorita Baxter, puede volver a entrar en la casa sin problemas, pero le aconsejo que no se quede en la misma hasta que un electricista haya revisado toda la instalación.

–¿No hay peligro de que vuelva a haber un incendio?

–Ninguno –le aseguró el bombero–. No hay luz en la cocina, pero como la casa es vieja el circuito abarca la mitad del salón, de modo que tampoco allí hay corriente. Insisto, un técnico debe revisar la instalación a fondo antes de volver a dar la luz.

—Si, por supuesto —técnicos, electricistas, pintores, contratistas… Al pensar en las facturas sintió otra vez ganas de chillar y patalear. Pero en vez de eso se obligó a sonreír—. Gracias por haber venido tan rápido.

—Un placer haber servido de ayuda —respondió el bombero, mirando la casa por encima del hombro—. La estructura es sólida, como suele ser habitual en las casas viejas. Ya sé que ahora le parece una catástrofe, pero le aseguro que podría haber sido mucho peor. Aparte de la cocina la casa apenas ha sufrido daños.

«Algo es algo», pensó Nicole.

—Gracias, Jim —le dijo Griffin—. Me alegro de haberte visto. Saluda a Kathy de mi parte, ¿eh?

—Claro —los dos hombres se alejaron hacia el camión—. Y a ver si salimos por ahí alguna noche.

Los bomberos seguían moviéndose por el césped, hablando y riendo mientras enrollaban las mangueras. Los vecinos volvían a sus casas y Connor estaba conduciendo el camión con una sonrisa de oreja a oreja. Lo único que a Nicole le preocupaba en esos momentos era qué iba a hacer a continuación. Porque la triste verdad era que no tenía ni idea.

—¿Estás bien?

Levantó la mirada y se sorprendió al ver que Griffin había vuelto con ella.

—No mucho.

–Me lo imagino. Pero supongo que la casa estará asegurada, ¿no?

–Pues claro que está asegurada –espetó ella de malos modos, y enseguida se arrepintió. No era culpa de Griffin que la cocina se hubiera quemado.

En teoría sí que era su culpa, ya que había arrancado los cables del techo mientras cambiaba una bombilla que ella no le había pedido que cambiara. Pero no era como si le hubiese prendido fuego a su cocina deliberadamente.

–Pues entonces, anímate –le aconsejó él–. Estás a salvo. Connor está a salvo. Y la casa se puede reformar.

–Lo sé –dijo ella, intentando convencerse a sí misma. Encontraría la manera de solucionarlo, aunque tuviera que solicitar una hipoteca. La casa estaba pagada y Nicole se consideraba afortunada por no tener que pagar una cuota todos los meses, pero no le quedaban muchas opciones–. Tienes razón. Estamos a salvo y el resto puede arreglarse –miró hacia el camión y a su alborozado hijo–. Voy a por Connor, antes de que se largue con ese camión y nunca más vuelva a verlo.

–Todo saldrá bien…

–¿Te das cuenta de que la gente siempre dice eso cuando todo está lejos de salir bien?

–Cierto, pero ignorar la situación no cambiará nada.

–Eso también es cierto –miró brevemente la casa antes de dirigirse hacia el camión y recoger a su hijo, a quien no le hizo ninguna gracia despedirse del simpático bombero–. No tienes por qué entrar conmigo –le dijo a Griffin al volver junto a él, con Connor apoyado en la cadera.

–Claro que sí –replicó él con expresión resuelta y ella no supo si sentirse aliviada o enfadada.

Era curioso cómo dos horas antes ella estaba ocupándose de su jardín mientras lanzaba miradas furtivas a un Griffin casi desnudo en el jacuzzi, y que en esos momentos se disponían a inspeccionar juntos el devastado interior de su casa.

Los nervios y la angustia le revolvieron el estómago, pero era la presencia de Griffin lo que más la alteraba. Podía sentirlo tras ella, como si el aire estuviera cargado de electricidad.

No era el momento para sucumbir a un arrebato hormonal.

Al rodear la esquina y ver la puerta trasera abierta pensó en las moscas y bichos que debían de estar colándose en la casa. Pero enseguida se dijo que los insectos eran el menor de sus problemas. Se preparó mentalmente para lo que fuera a encontrar y subió los tres escalones de la entrada.

Nada podría haberla preparado para lo que iba a encontrarse.

Era como si un tornado hubiese arrasado la cocina. Manchas de humo en las paredes y unos grandes agujeros parecían observarla desde el techo.

Quería llorar, gritar, agarrar una escoba y un recogedor y ponerse a limpiar. Pero al observar lo que quedaba del techo supo que iba a hacer falta algo más que un barrido.

–¡La casa está sucia! –gritó Connor, batiendo las palmas.

–Está todo hecho un desastre –añadió Griffin innecesariamente.

–No sé ni cómo empezar a limpiar –murmuró, mirando hacia la puerta que comunicaba con el salón. También allí se veían las huellas de la tragedia. Los muebles habían sido desplazados y el suelo estaba encharcado.

–No tienes que limpiar nada –le dijo Griffin.

–¿Ves a alguien aparte de mí que pueda hacerlo? –le llevaría días poner un poco de orden.

–Avisaremos a una empresa de limpieza –sugirió él.

–No puedo permitírmelo.

–No puedes hacerlo sola, y yo no voy a hacerlo.

–¿Quién te ha pedido que hagas nada? –exclamó ella, perdiendo otra vez los nervios.

–Tú no –repuso él–. No pedirías ayuda ni aunque estuvieras hundida hasta el cuello en arenas movedizas, ¿verdad?

–Te equivocas si crees que puedes ofenderme. Llevo cuidando de mí misma desde hace años.

–¿Y puesto que puedes hacerlo, debes hacerlo?

Connor se retorció en sus brazos y Nicole lo sacó de nuevo al jardín. Dejó al niño en el suelo y vio cómo se alejaba corriendo hacia el parterre y su querida pala.

–Ya sé que intentas ayudar –le dijo a Griffin, sin mirarlo–, pero será mejor que te vayas a casa.

–¿Así de simple? –se colocó ante ella para obli-

garla a mirarlo. Sus penetrantes ojos azules la reta-
ban a apartar la vista, lo que ella no hizo–. ¿Crees
que voy a volver al jacuzzi y olvidarme de todo?

–¿Por qué no?

Él dejó escapar una breve carcajada.

–Dejaré pasar esa ofensa. Lo que me gustaría saber es si eres realmente tan cabezota o si solo estás
actuando por mi bien.

Sus palabras desconcertaron a Nicole.

–¿Por qué iba a hacer algo por tu bien, Griffin?

–Eso mismo me pregunto yo. Pero lo que acabas
de decir no tiene sentido. No voy a dejarte aquí sola
con un niño de tres años, en medio de este desastre.

Nicole no sabía por qué Griffin se tomaba tan a
pecho aquel incidente. Al fin y al cabo no era su
casa la que había salido ardiendo.

–No te corresponde a ti decidirlo.

–Pues decídelo tú. ¿Cómo vas a arreglártelas sin
electricidad y sin cocina?

Para eso no tenía respuesta, pero ya se le ocurriría algo. Siempre conseguía salir adelante. Por ella
y por su hijo.

–Es mi casa, Griffin. ¿Adónde voy a ir?

–Conmigo.

–¿Qué?

Griffin se pasó una mano por el pelo, pero en
esa ocasión Nicole estaba tan aturdida que apenas
se fijó en la flexión de sus músculos.

–El incendio no ha sido culpa mía –dijo él.

–No del todo.

Griffin arqueó una ceja y Nicole se preguntó cómo conseguía hacer eso la gente.

–Intentabas ayudar –añadió con un suspiro.

–Y te he quemado la cocina.

–No he dicho que hayas ayudado –aclaró ella con una sonrisa–. He dicho que intentabas hacerlo.

Él también sonrió.

–La casa de Rafe y Katie es muy grande.

–Lo sé. Katie siempre se está quejando de no saber cómo será su casa de un día para otro. Rafe no para de añadir habitaciones o de echar paredes abajo para hacerla más grande.

Nunca había envidiado la seguridad económica que Katie había ganado al casarse con un King. Pero a veces, cuando estaba sola por las noches, sentía celos del amor que su amiga había encontrado. Ella y Rafe hacían tan buena pareja que Nicole no podía evitar envidiarla.

–Sabes que es la mejor solución, Nicole –insistió Griffin–. La casa es tan grande que no tendremos ni que vernos el uno al otro. No puedes quedarte aquí. No es seguro. Ni para ti ni para Connor.

–Puede que no...

–¿Acaso quieres quedarte en un hotel mientras arreglan la casa?

No, de ninguna manera. No tenía dinero para pagar las reformas y hospedarse en un hotel al mismo tiempo.

–Además –continuó Griffin–, así podrás vigilar las reformas de cerca.

Todo lo que Griffin decía tenía sentido, pero Nicole detestaba estar en deuda con alguien. Desde que aprendió la dolorosa lección con su exmarido, había evitado depender de los demás y pedir favores.

Miró a Griffin y apretó los dientes con irritación al verlo tan seguro de sí mismo. No tenía más remedio que aceptar su sugerencia. Pero si Katie y Rafe hubieran estado en casa, su amiga habría insistido en que ella y Connor se quedaran con ellos. Así que tampoco había mucha diferencia.

Una pareja felizmente casada ofreciéndole alojamiento temporal, o la misma oferta hecha por un hombre soltero, guapísimo y arrebatadoramente sexy que le revolucionaba las hormonas con solo mirarlo.

¿De verdad no había tanta diferencia?

–Sabes que es la única solución.

–Sí –asintió. Volvió a mirar la cocina e intentó imaginársela después de las obras. Si no fuera muy caro, quizá podría modernizarla un poco.

Miró de nuevo a Griffin, quien la observaba con sus brillantes ojos azules.

A la mañana siguiente Griffin se frotó los ojos, irritados por la noche en vela, y se dijo que más le valdría acostumbrarse. La casa era muy grande, cierto, pero había olvidado que todos los dormitorios daban al mismo pasillo. Su dormitorio quedaba directamente frente al de Nicole, y había estado escuchando sus movimientos durante toda la noche.

Pasos por la habitación, el chirrido de la cama al acostarse y al levantarse, más pasos, la puerta abriéndose, pisadas por el pasillo hasta la habitación donde dormía Connor, otra puerta abriéndose, una pausa, pasos de regreso a la habitación, la puerta cerrándose y más vueltas por el dormitorio. Todo eso repetido varias veces a lo largo de la noche.

No era el ruido lo que le molestaba, no, lo que le impedía conciliar el sueño era imaginarse a Nicole deambulando por la casa descalza y con sus rubios cabellos despeinados. ¿Qué se pondría para dormir? ¿Un camisón? ¿Una camiseta? ¿Nada?

Tenía que sofocar sus deseos y comportarse como un caballero. Ofrecerle alojamiento a Nicole sin intentar seducirla. No sonaba muy divertido, pero debía y podía hacerlo.

Era una madre, por amor de Dios. Y luego estaba la amenaza de Katie. Además, tenía treinta y tres años. El número mágico. La edad que se había fijado como punto y final a sus días de mujeriego y vividor. Lo quisiera o no, tendría que madurar.

—El problema es que no quiero.

—¿Estás hablando solo?

Levantó la mirada y vio a Nicole entrando en la cocina con Connor en brazos. Llevaba unos pantalones cortos blancos y una camiseta rosa sin mangas que hacía juego con las uñas de sus pies. Se había recogido el pelo detrás de las orejas y unos aros plateados reflejaban la luz de la mañana.

—¿Qué? No, no... —sacudió la cabeza y se fijó en

la taza de café que sostenía entre las manos–. Solo estaba pensando.

–Vaya, pues haces mucho ruido al pensar.

–¡Abajo! –gritó Connor.

Griffin puso una mueca. Era demasiado temprano para la charla y los gritos.

–¿Quieres un poco de leche, cariño? –le preguntó Nicole.

Griffin a punto estuvo de responder «no, gracias».

–¡Leche! ¡Y galletas!

–Galletas para desayunar, no –dijo Nicole, riendo.

Griffin miró al pequeño. ¿Sería muy cruel taparle la boca con cinta adhesiva?

Nicole le sirvió un vaso de leche a Connor y se puso a preparar los huevos. Parecía tan cómoda en la cocina de Katie como en su propia casa.

–¿Quieres que te prepare algo? –le preguntó a Griffin.

–No, yo nunca desayuno –murmuró, concentrándose en el café. La cafeína… el secreto de la supervivencia.

Hacía tanto ruido al batir los huevos y mover la sartén que Griffin apretó los dientes.

–He decidido que voy a vivir esta situación como un regalo.

–¿Ah, sí? –intentó quitarle a Connor la cuchara con la que golpeaba la mesa, pero el dramático mohín del niño lo hizo desistir.

Se levantó para volver a llenarse la taza.

–Bueno –continuó Nicole–, hay que arreglar la

cocina, y he pensado en aprovechar la ocasión para redecorarla y no solo reformarla.

—Es una buena idea —concedió él, volviendo a sentarse. Connor le sonrió y siguió aporreando con la cuchara como si estuviera tocando la batería.

Griffin no era una persona mañanera. Prefería mantener una agradable conversación mientras se cenaba con vino, y nunca se quedaba a dormir con ninguna de las mujeres con las que salía. Pero aquella mañana no solo tenía a una mujer con la que hablar, sino también un niño pequeño al que soportar.

—Connor va a la guardería —estaba diciendo Nicole—. En cuanto lo haya dejado allí, volveré para llamar a la compañía de seguros y a un contratista.

—Tú ocúpate de llamar a la compañía de seguros. Yo llamaré a King Construction. Te harán mejor precio que en cualquier otro sitio.

Nicole lo pensó un momento antes de aceptar.

—Gracias.

Tal vez apreciara su ayuda, pero no le gustaba aceptar favores.

—De nada. ¿De qué sirve tener familia si no puedes llamarlos cuando los necesitas? Como Rafe está fuera, hablaré con Lucas. Es posible que pueda venir hoy mismo a echar un vistazo.

—De acuerdo —le sirvió a Connor los huevos revueltos al mismo tiempo que Griffin le quitaba la cuchara de la mano al crío—. No estás acostumbrado a tratar con niños, ¿verdad?

—No tan temprano —admitió él, sintiéndose un

poco culpable por haberle quitado la cuchara a Connor. Resignado, se la devolvió.

A aquellas horas estaría sentándose para tomar su primer café en el balcón de su apartamento, contemplando el mar y disfrutando del silencio. Luego se ducharía, se vestiría y llegaría a King Security poco después de las nueve.

Qué irónico que su agenda laboral le pareciera repente más relajante que sus vacaciones.

Capítulo Tres

–¿Pero se puede saber qué has hecho aquí? –preguntó Lucas King mientras observaba la cocina de Nicole con ojo crítico. En pocos minutos había examinado hasta el último rincón, enchufe y desconchón.

–Yo no le prendí fuego a la cocina –protestó Griffin, apoyándose en la destrozada encimera.

–Pues es lo que parece –subido en una escalera metálica, Lucas había asomado la cabeza por el agujero del techo para inspeccionarlo con una linterna–. ¿Has provocado todo esto simplemente cayéndote de una escalera?

–Sí –respondió él secamente. Sabía muy bien que Lucas se lo contaría al resto de la familia y que él se convertiría en el hazmerreír de todos–. Me agarré al soporte del tubo fluorescente para no caer, pero...

–Pero en vez de eso lo arrancaste de la pared, ¿no?

–No te he hecho venir para que te pases de listo, sino para examinar los daños. ¿Son muy graves?

–Bastante. La instalación es muy vieja y hay cables pelados. Me extraña que haya aguantado tanto tiempo.

Griffin sintió un escalofrió al pensar en Nicole y su hijo viviendo allí solos. ¿Y si se hubiera producido un incendio en mitad de la noche?

—Supongo que no podremos echarte la culpa —comentó Lucas mientras bajaba por la escalera—. El cableado de toda la casa está a punto de prender.

Griffin se apartó de la encimera y echó un rápido vistazo alrededor. Vio cosas que no había advertido antes, como los dibujos de Connor en el frigorífico, una tetera con forma de gallo, jarrones de vidrio verde volcados en el alfeizar junto a flores marchitas…

No era solo una casa. Era el hogar de Nicole. Mucho más de lo que él podría decir de su propio apartamento, que solo usaba para guardar la ropa, dormir y cenar comida para llevar. Frunció el ceño al sentir una punzada de remordimiento. Nicole había perdido mucho, mientras que él tenía más de lo que necesitaba.

Por muy mal que estuvieran los cables, había sido él quien los había arrancado. Él era el responsable del incendio que había arrasado la cocina. Y era él quien tenía que hacer algo.

Le gustara o no a Nicole.

—¿Qué quieres hacer? —le preguntó Lucas, que estaba tomando notas en una *tablet*.

—Quiero arreglar su casa.

—Eso está hecho. Supongo que tendrá seguro, ¿no?

—Eso me ha dicho, pero creo que el deducible es muy alto.

—Seguramente —dijo Lucas—. Las madres solteras no suelen tener mucho dinero.

—Lo mismo pienso yo —afirmó Griffin, desviando la mirada hacia la casa contigua. Allí estaba Nicole, trabajando en el salón con el portátil, que milagrosamente se había salvado del fuego. Ella sabía que Lucas estaba examinando la cocina, pero no tenía ninguna prisa por entrar en su devastado hogar y prefería quedarse donde estaba.

Griffin se volvió de nuevo hacia su primo.

—Yo me haré cargo del deducible y de cualquier otro gasto adicional.

Lucas arqueó las cejas.

—¿Y eso?

—No te confundas. Entre Nicole y yo no hay nada. Pero el incendio fue culpa mía, y lo menos que puedo hacer es compensarla.

—No le gustará nada.

—No tiene por qué enterarse.

Lucas se rio.

—Has perdido el juicio si crees que Nicole no descubrirá lo que estás tramando.

—Oh, vamos, tengo una empresa de seguridad, ¿recuerdas? Sabemos cómo guardar un secreto.

—A las mujeres no se las puede engañar —replicó Lucas—. Es espeluznante cómo lo intuyen todo. Debe de ser algo genético.

—¿Eres tonto o qué?

—Tonto no, casado.

—Es lo mismo.

—Me das pena —dijo Lucas con una sonrisa.

–Sí, soy digno de lástima –respondió Griffin, sonriendo también–. Pobre de mí... Una mujer distinta cada semana. Sin nadie que me agobie ni exija nada. Y disfrutando del sexo siempre que quiero.

–Eh, ¿perdona? –Lucas frunció el ceño–. Yo también disfruto del sexo siempre que quiero, por si no lo sabes. La diferencia es que no tengo que irme de casa para conseguirlo.

–No me digas... ¿Y cómo es tu vida sexual actualmente?

La mujer de Lucas estaba embarazada de su segundo hijo. Como casi toda la familia King, Lucas había pasado de ser un vividor a ser padre y marido. Los King estaban cayendo uno a uno, como una fila de fichas de dominó.

–Deberías probarlo –le recomendó Lucas con una pícara sonrisa.

Griffin jamás lo admitiría en voz alta, pero en los últimos meses sentía un interés cada vez menor por el estilo de vida que siempre había llevado. Por su vida habían pasado docenas de mujeres y ninguna le había dejado huella. No habían sido más que una sucesión de nombres distintos y rostros bonitos que solo sabían hablar de los clubes de moda, los últimos diseños o los mejores centros de estética.

Claro que él no salía con ellas por sus conocimientos de arte y literatura... Lo único que quería de ellas era un rápido revolcón y adiós para siempre. No tenía razones para quejarse.

O quizá sí... Aquello de la madurez empezaba a ser un incordio.

—¿Cuándo quieres que empecemos? –le preguntó Lucas.

—¿Puede ser esta tarde?

Lucas se echó a reír.

—Sí que tienes prisa… De acuerdo, comenzaremos hoy mismo –introdujo algunas notas más en la *tablet*–. Ahora mismo estamos hasta arriba de trabajo, sin contar las estanterías que Rosie quiere que instale en la habitación de Danny, pero supongo que podremos sacarlo todo adelante.

—¿Y Rafe se ha ido de vacaciones cuando más trabajo tenéis? –aquello no era propio de un King.

—Sí, bueno… Las cosas cambian cuando tienes una mujer y una vida. Además, Rafe quería llevar a Katie a Europa mientras aún se sintiera bien para viajar.

—¿Qué le ocurre a Katie? ¿Está enferma? ¿Es grave?

—Tranquilo. Está embarazada, pero se supone que nadie debe saberlo aún, así que mucho cuidado con irte de la lengua.

—Ya te he dicho que sé guardar un secreto.

—Muy bien. El caso es que Rafe quería que pasaran un tiempo juntos antes de que nazca el bebé. Los niños te roban todo el tiempo libre.

Otro King que se convertía en padre y encontraba algo más en la vida. Algo que Griffin no estaba seguro de querer encontrar.

—Otro King que muerde el polvo –murmuró para disimular las emociones que lo invadían.

—Llámalo como quieras –dijo Lucas a la defensiva–. Pero nosotros no lo vemos así.

—Antes sí —le recordó Griffin—. ¿Te acuerdas de aquella partida de póquer en la que estábamos hablando de la boda de Adam y de Travis y tú dijiste que…?

—Me acuerdo —intentó interrumpirlo Lucas, pero Griffin siguió hablando.

—¿… y tú dijiste que casarse era como ser enterrado vivo y…?

—Las cosas cambian.

—Desde luego que cambian —corroboró Griffin. Madurar era una cosa, pero volverse loco por una mujer hasta el punto de atarse a ella de por vida era algo muy distinto. Sus primos y su hermano gemelo podían cometer aquella estupidez, pero él no estaba dispuesto a hacerlo—. Pero solo si tú lo permites.

—Lo que tú digas, primo —repuso Lucas en tono sarcástico.

—Preocúpate de arreglar todo esto… Y hazlo deprisa.

—Descuida. Me ocuparé de conseguir los permisos y le mandaré algunos bocetos a Nicole para que me dé su visto bueno. Dile que la avisaré.

—De acuerdo —dijo Griffin. Él se encargaría de pagarlo todo. Siempre saldaba sus deudas, y bajo ningún concepto iba a permitir que el orgullo de Nicole la dejara con una reforma a medias.

No había nada más típico del verano que el olor de las hamburguesas a la parrilla.

Nicole salió de la cocina de Katie con un cuenco

de ensalada de patata y un plato lleno de tomates, cebollas y queso para las hamburguesas que Griffin volteaba en la barbacoa.

Recorrió el jardín con la mirada hasta localizar a su hijo, que estaba jugando en el cajón de arena que Griffin había recogido de su jardín. Dejó la ensalada en la mesa de secuoya, bajo la sombrilla, y se acercó a Griffin. Como era habitual, lo miró de arriba abajo hasta llenarse la vista con él. Volvía a llevar unas bermudas y Nicole sintió un estremecimiento al contemplar su espalda, ancha y bronceada. Tuvo que respirar hondo para serenarse. ¿Acaso aquel hombre no tenía ninguna camiseta en su armario?

–La cena está casi lista –le dijo él.

–Estupendo. Me muero de hambre –en todos los sentidos.

–La barbacoa es la única forma de cocina que puedo preparar sin tener que llamar a los bomberos –nada más decirlo puso una mueca–. Lo siento.

–No pasa nada –desestimó la disculpa con la mano–. Lucas me ha enviado un esbozo de los planos –cambió de tema mientras dejaba el plato en el banco de madera y ahogaba un gemido. Por mucho que redujera los costes, lo que Lucas ya había hecho gracias a la amistad de Nicole con Katie King, iba a tener que pedir un préstamo para hacer frente el deducible del seguro. O quizá pudiera llegar a un acuerdo con King Construction para pagar las reformas a plazos.

–Estupendo –Griffin puso una loncha de queso en cada hamburguesa–. Lucas me dijo que podrían empezar mañana mismo, y me ha prometido que acabarán lo más rápido posible. Es un experto electricista, arreglará todo el cableado y lo incluirá en el coste de las reformas de la cocina.

Genial, pensó Nicole. Aunque tenía que admitir que la casa necesitaba una nueva instalación eléctrica. De lo contrario no podría dormir tranquila por las noches, temiendo que saltara una chispa en cualquier momento.

—Espero que mi compañía de seguros también lo vea de ese modo, porque de otra manera estaré pagándole a Lucas sus servicios hasta que cumpla ochenta años.

—No, de eso nada —dijo él, echando las cebollas sobre la capa de queso fundido—. Ya me encargaré yo.

Nicole se puso muy tensa. Una cosa era aceptar la invitación de Griffin para quedarse en su casa, pero no iba a permitir que pagara las reformas de la cocina.

—Ni hablar. Es mi cocina, mi casa y mi problema.

—No seas cabezota.

—¿Cómo dices?

—Lo digo en serio —insistió él—. Yo puedo permitírmelo. No me supondrá un gran sacrificio costear las reformas, Nicole.

No era cabezonería. Era orgullo. Tal vez no tuviera tanto dinero como los King, pero podía ocuparse de sus propios problemas.

—Si lo haces, te arrepentirás —le advirtió—. Me da igual cuánto dinero tengas. Es mi responsabilidad. Puedo cuidar de mí misma, de mi hijo y de mi casa.

Griffin frunció el ceño.

–¿Quién lo pone en duda?

–Tú –la irritación la abrasaba por dentro tan rápidamente como las llamas se habían propagado por su cocina–. Lo has insinuado. No necesito que nadie me rescate.

–Mira a tu alrededor –replicó él–. ¿Acaso ves a un caballero de reluciente armadura?

Nicole respiró profundamente para intentar serenarse. Al fin y al cabo Griffin solo intentaba ayudarla.

–Oye –le dijo cuando se sintió capaz de hablar sin ponerse a gritar–, ya sé que piensas que estás haciendo lo correcto, pero puedo encargarme de todo yo sola.

Él la observó unos largos segundos.

–Muy bien –aceptó finalmente–. Y ahora que ya lo hemos dejado claro, ¿qué tal si traes a Connor mientras sirvo las hamburguesas?

Por el tono de su voz y la expresión de sus ojos no parecía hacerle mucha gracia, pero a Nicole le daba igual. Griffin iba a descubrir que no todas las mujeres del mundo se rendían a los pies de un King.

Ella siempre había sido independiente y no iba a dejar que nadie, ni siquiera un caballero con bermudas en vez de armadura, intentara controlar su vida.

Se dio la vuelta bruscamente y fue en busca de Connor. Cuando le hubo lavado las manos y lo tuvo sentado en su sillita, Griffin ya había servido limonada para todos. El niño le sonrió y sorbió ávidamente de su vasito.

—Parece que mover dinosaurios por el desierto da mucha sed —comentó Griffin.

Nicole sonrió con alivio. Todo había quedado aclarado y Griffin aceptaba que solo ella estaba a cargo de su vida y de la de su hijo.

—Nunca se está quieto, siempre quiere probar cosas nuevas.

—Mis hermanos y yo también éramos así —dijo él, sirviéndole una hamburguesa con la espátula.

Nicole sirvió la ensalada en los platos.

—¿Cuántos hermanos tienes?

Connor añadió tomate y lechuga a su hamburguesa y la cubrió con el pan.

—Cinco.

—¿En serio?

Al ser hija única y haber perdido a su único pariente vivo, su abuela, años atrás, no se podía imaginar lo que era tener una familia tan numerosa. Una parte de ella envidiaba a Griffin por tener tantos hermanos y primos, los había visto en barbacoas, bautizos y bodas y sabía que formaban una verdadera familia.

—Sí —afirmó Griffin, riendo—. Mi padre siempre decía que en cuanto uno de nosotros empezaba a caminar mi madre ya le estaba pidiendo otro hijo.

Nicole lo miró fijamente. También ella había querido tener muchos hijos, pero todo parecía indicar que Connor sería hijo único. Igual que ella.

—Pero no importa cuántos fuéramos ni lo que hi-

ciéramos: fútbol, béisbol, baloncesto, boy scouts...
—continuó Griffin—. Mi madre siempre fue más lista
que todos nosotros juntos.

Él se encogió de hombros, le dio un bocado a su
hamburguesa y gimió con deleite.

—No hay nada como una hamburguesa a la parrilla...

—Estoy de acuerdo.

—¿Estamos de acuerdo en algo? —preguntó él,
sorprendido—. ¿Qué será lo siguiente? ¿Hacernos
amigos?

—No te hagas ilusiones —le advirtió ella al detec-
tar el brillo burlón de su mirada.

Griffin se golpeó con una mano en el centro del
pecho.

—Eres una mujer muy dura...

—No lo olvides.

—¿Cómo olvidarlo?

Nicole le dio a Connor más carne, un poco de
ensalada y una rodaja de tomate, que el niño devo-
ró con un apetito voraz.

—Lucas me dijo que cuando retiraran los escom-
bros se pondría en contacto contigo para discutir el
tipo de suelo, la pintura y esas cosas.

—Sí, me lo ha dicho en el e-mail que me ha enviado con el presupuesto —al pensar en el dinero la
hamburguesa le supo a serrín y tuvo que masticar
lenta y concienzudamente para que no se le atra-
gantara—. Le he respondido diciéndole que lo vuelva a dejar todo tal y como estaba.

—¿Qué? ¿Otra vez un suelo de linóleo y una encimera de fornica? ¿Por qué no modernizarlo un poco? –debió de intuir el motivo, porque asintió seriamente–. Está bien.

–No puedo permitírmelo. Lo importante es modernizar la instalación eléctrica y ya está, aunque quizá pinte las paredes de verde en vez de amarillo.

La boca de Griffin se torció en un gesto de desaprobación. ¿Acaso pensaba que ella no quería modernizar su cocina?

–Dentro de unos años tendré la cocina de mis sueños –le aseguró.

–¿Y cómo será?

–Maravillosa –cerró los ojos y vio su cocina como tantas veces se la había imaginado. La cocina reformada de Katie había avivado sus fantasías–. Suelo de roble, paredes verdes a juego con los armarios, encimera de granito de color crema oscuro con rayas verdes y azules.

–Te gusta el verde, ¿eh?

–Paredes verdes, fregadero de acero inoxidable, con uno de esos grifos cuello de cisne como los que tiene Katie, naturalmente.

–Naturalmente.

Nicole lo miró. ¿Se estaría riendo de ella o solo contentándola?

–Los electrodomésticos también de acero inoxidable –continuó, imaginando el inmenso frigorífico–. Y una cocina de seis fuegos.

–¿Por qué tan grande? Solo estáis tú y Connor.

–Me gusta cocinar –repuso ella, dándole más hamburguesa a Connor–. Pero bueno, todo eso

42

pertenece a un futuro muy lejano. Por ahora me conformo con recuperar mi casa y mi cocina.

–Lucas lo hará rápido y bien.

–Estoy segura.

Griffin les sirvió más limonada.

–Y en cuanto a alojarte aquí, no te preocupes. Connor y tú sois bienvenidos. Como ya te dije, no te molestaré y así podrás sentirte como en casa, ¿de acuerdo?

–Debería ser yo la que te prometiera que no voy a molestarte. ¿No estás de vacaciones?

–Sí, pero he descubierto que no se me da bien eso de relajarme y no hacer nada.

–No sé… Parecías disfrutar mucho en el jacuzzi.

–¿Quién no disfrutaría de un jacuzzi? –preguntó él con una sonrisa y un guiño.

Una descarga de calor le recorrió el cuerpo a Nicole.

–Además –siguió él–, mi secretaria ha amenazado con dimitir si continúo llamando a la oficina.

–Te gusta trabajar, por lo que veo.

–Así es –admitió Griffin–. Garrett y yo fundamos King Security y durante varios años no hicimos otra cosa que levantar y levantar la empresa, pero luego Garrett conoció a Alexis y…

–Se casó con la princesa y se fue a vivir a Cadria.

–Exacto –le dedicó otro guiño que volvió a estremecerla. Aquel hombre era un orgasmo andante… y hacía mucho que ella no tenía uno de esos–. Ahora dirige la filial europea y yo me hago cargo del negocio en Estados Unidos. Puede parecer una tontería, pero me resulta muy duro y extraño no tenerlo aquí. Si se lo cuentas a alguien negaré rotundamente haberlo dicho.

–Entendido –le dio un sorbo a su limonada–. Pero incluso con Garrett fuera sigues teniendo muchos familiares cerca.

–No te imaginas cuántos. En California le das una patada a una piedra y salen veinte King –sonrió.

–Te envidio por tener una familia tan numerosa –le confesó ella–. En las fiestas a las que he asistido todos parecíais divertiros mucho juntos.

–Es verdad que nos divertimos mucho… ¿Tú no tienes familia por aquí?

Ella se rio.

–Ni aquí ni en ninguna parte. Mis padres murieron cuando yo era niña, y me quedé sin abuelos hace unos años –giró la cabeza hacia su casa, vacía y quemada, y le dolió pensar el cariño que le había tenido su abuela a la cocina–. Me dejaron su casa al morir.

–Todo volverá a la normalidad en un par de semanas, Nicole –le aseguró él, como si le hubiera leído el pensamiento–. Ya lo verás. Será como si nada hubiera ocurrido.

Ella sonrió, pero sabía que tardaría mucho tiempo en olvidar lo ocurrido.

Y lo que podría haber ocurrido.

Capítulo Cuatro

Tres días después, Nicole seguía dándole gracias a Dios por haber salvado su portátil del fuego.

Con Connor en la guardería, se esforzaba por ponerse al día en su trabajo mientras se convencía de que era afortunada en muchos aspectos. Tenía un seguro, aunque el elevado deducible fuera a dilapidar sus ahorros y obligarle a pedir un préstamo. Su ordenador estaba a salvo, lo que le permitiría seguir ganándose la vida. Y ella y su hijo tenían un lugar donde quedarse sin que les costara una fortuna.

Todo eran cosas buenas. Salvo Griffin.

Dejó de teclear y se recostó en la silla. Fiel a su palabra, Griffin se había mantenido apartado de ella en todo momento. En los últimos tres días solo lo había visto en el desayuno y en la cena. El resto del tiempo se lo pasaba en el jacuzzi, en el coche o en las obras de la casa de Nicole.

Probablemente fuera mejor así, porque desde que Griffin se instalara en casa de Katie y Rafe, ella se había visto invadida por unas fantasías eróticas que creía definitivamente olvidadas. Soñaba con las manos de Griffin recorriéndole el cuerpo y cuando lo veía en el desayuno tenía que fingir no estar preguntándose cómo sería en la cama.

Una pregunta estúpida, porque sin dura era genial en la cama.

Volvió a dejar de teclear y cerró el documento y el portátil al no poder concentrarse. Los dos estaban solteros. Ella tenía a Connor, pero no buscaba un marido ni un padre para su hijo. Lo único que quería era un orgasmo. O unos cuantos.

En aquellos momentos, como cada día, Griffin estaba en las obras de la cocina con su primo y la cuadrilla de obreros. Nicole no había vuelto a pisar su casa desde que llegaron los trabajadores. No soportaba la imagen.

Agarró el bolso y las llaves del coche y se fue a su cafetería favorita, Cupcake Central, propiedad de Sandy Cannon, una de sus clientas y vieja amiga.

—Lo que ocurre es que le das demasiadas vueltas —le dijo Sandy cuando las dos estuvieron sentadas con sendos cafés y magdalenas—. Los dos sois guapos, estáis solteros y vivís bajo el mismo techo. ¿Dónde está el problema?

Nicole miró con el ceño fruncido a su amiga. Sandy estaba casada con su amor del instituto, tenía tres hijos y regía un próspero negocio.

—He venido para que me aconsejaras huir.

Sandy se echó a reír.

—¿Cómo voy a aconsejarte eso? ¿Te parece que estoy loca, acaso?

—¿Y yo lo parezco? —Nicole sacudió la cabeza y bajó la mirada a su café con leche, en busca de una ayuda que no encontraba en ningún otro sitio—. Sería una equivocación acostarme con él.

—¿Desde cuándo el sexo es una equivocación? —preguntó Sandy en voz baja para que no la oyeran los otros clientes.

—Lo es cuando se tiene con el hombre equivocado —respondió Nicole.

—Muy bien, pues dime por qué él es un hombre equivocado para ti.

—Para empezar, es un King.

—¿Y qué? Casi todas las mujeres de California están deseando tropezarse con uno.

—Sí, bueno… pero mi mejor amiga está casada con uno de ellos.

—¿Y eso supone un problema?

—Sí, porque pondría a Katie en una situación muy difícil.

—¿Me puedes explicar por qué sería difícil para Katie que te acostaras con el primo de su marido?

—Griffin me ha confesado que Katie les advirtió a todos los King que no intentaran nada conmigo. No quería que ninguno me hiciera daño.

Sara frunció el ceño, desgajó un trozo de magdalena de arándanos y se lo llevó a la boca.

—Esto es distinto. Eres tú la que quiere intentar algo con él.

—¿Tú crees?

—Desde luego. Han pasado años desde la última vez que te acostaste con alguien.

—No es necesario que me lo recuerdes —se lamentó Nicole con un suspiro.

—Claro que sí. Ahora tienes la oportunidad ante tus narices y no te atreves a aprovecharla.

–Pero Griffin es el tipo de hombre al que me había jurado no acercarme. Pasa de una mujer a otra con la misma facilidad que mi ex.

–Por eso mismo es perfecto –replicó Sandy con una sonrisa triunfal–. No estás buscando nada estable. Solo quieres un poco de diversión. Piénsalo. Sin lazos. Sin expectativas. Sin promesas que romper... Los hombres lo hacen todo el tiempo. ¿Por qué no podemos hacerlo nosotras?

Su amiga tenía razón, reconoció Nicole mientras un calor olvidado empezaba a recorrerle sus partes íntimas.

–Solo sería una aventura –continuó Sandy–. Como en unas vacaciones. Y sabe Dios lo bien que te vendrían unas vacaciones. No conozco a nadie que trabaje tanto como tú, ocupándote además de la casa y de Connor y...

–Ya, ya lo sé –la cortó Nicole–. Y Griffin es perfecto.

Al menos estaba cansado, pensó Griffin mientras se metía en el jacuzzi. Se había dejado la piel en la cocina de Nicole, ayudando a Steve y Arturo y buscando la manera de llenar su tiempo. De joven había trabajado en algunas obras y conocía el oficio. Y necesitaba una excusa para salir de casa y alejarse de Nicole, cuya cercana presencia lo estaba volviendo loco.

Estaba tan cansado que confiaba en poder dormir del tirón aquella noche. Y, con un poco de suerte, no soñaría con ella y no se despertaría con una dolorosa excitación.

La brisa marina agitaba las ramas del olmo sobre su cabeza. Contempló las estrellas que aparecían entre las hojas e intentó relajarse.

El barrio de Long Beach estaba en calma. Un perro ladraba en la calle y de alguna casa lejana llegaba una música suave.

Todo era casi perfecto.

Pero él no conseguía relajarse. Desde que comenzara sus vacaciones había estado tenso e inquieto, y empezaba a odiar aquel jacuzzi en el que pasaba las horas muertas.

–Me pregunto qué tendrán de bueno las vacaciones –murmuró–. ¿Y por qué trabajar tiene que ser algo malo?

No había nadie para responderle, y de todos modos él sabía muy bien que el trabajo era mucho mejor que el ocio. El trabajo le mantenía la cabeza ocupada, incrementaba su fortuna y le hacía aprovechar el tiempo.

Todo era culpa suya. Había sido él quien decidió tomarse unas vacaciones y replantearse su estilo de vida, su adicción al trabajo y su alergia al compromiso. En esos momentos no había nada que deseara más que estar en su oficina. O en cualquier lugar lejos de aquella casa en la que se habían instalado Nicole y Connor…

Se removió incómodamente en el banco. Entre el agua caliente que burbujeaba a su alrededor y la sangre que le hervía en las venas estaba a punto de explotar. Todo porque había querido cambiar su vida y madurar.

–Tendrás que aguantar dos semanas. O mandar al infierno las vacaciones y volver al trabajo.

No, de ningún modo. Su hermano siempre le estaría en cara la apuesta perdida.

–Siempre tengo que hacerlo todo de la manera difícil…

–¿Otra vez hablando solo?

Se incorporó tan bruscamente que derramó el agua por el borde del jacuzzi. Nicole había salido de la casa y se dirigía hacia él. Y Griffin se lamentó inmediatamente de haberla visto…

Sabía que tenía un cuerpo escultural, pero no estaba preparado para verla con un biquini tan minúsculo que dejaba a la vista su piel lisa y brillante a la luz de la luna. Sus pechos eran perfectos, grandes y turgentes, apenas cubiertos por dos triángulos de tela verde. El vientre plano, las caderas redondeadas, el otro pedazo de tela en la unión de los muslos…

Aquello no pintaba nada bien.

–Vaya –dijo ella, sonriéndole–. Nunca me hubiera imaginado que Griffin King se quedara mudo.

Él se pasó una mano por la cara y meneó la cabeza. Ninguna mujer lo había dejado nunca sin palabras y no iba a dejar que Nicole fuese la primera. Pero ¿cómo pensar en otra cosa que no fuera aquel cuerpo espectacular?

–Lo siento, no te había oído salir –frunció el ceño–. ¿Dónde está Connor?

—En la cama —respondió ella, y le mostró la botella de vino y las dos copas que llevaba.

«Cuidado con lo que haces, Griffin», se advirtió a sí mismo mientras ella subía los escalones y se deslizaba lentamente en el jacuzzi. Se sentó en el banco, junto a él, y a Griffin le pareció que la temperatura del agua subía un millón de grados.

—Mmm… qué delicia —dijo ella con un gemido de placer.

La situación se hacía más peligrosa por momentos.

—¿Qué estás haciendo? —le preguntó. No era ningún idiota: Nicole llevaba días ignorándolo, y si de repente iba a verlo casi desnuda y con una botella de vino era porque tramaba algo.

Ella giró la cabeza y le sonrió.

—Se me ocurrió comprobar por mí misma por qué pasas tanto tiempo en este jacuzzi —volvió a suspirar cuando uno de los chorros le acarició la espalda—. Y creo que lo he descubierto —se arqueó de manera que los pechos se elevaron sobre la superficie de burbujas.

—Genial —murmuró él, ahogando un gemido—. Encantado de poder ayudar. Y ahora…

—He traído vino —asintió hacia la botella abierta que le había tendido a Griffin.

—Ya lo veo, pero…

—También he traído el monitor de bebés —señaló el aparato—. Así oiré a Connor si me necesita… ¿Qué tal si sirves el vino y nos divertimos un rato?

A Griffin le vendría bien un trago. Pero por otro

lado, beber vino con una mujer hermosa en un jacuzzi solo podía conducir a una cosa…

Sonrió para sí mismo. No podía resistir la tentación que se le ofrecía ante sus ojos.

–¿Y bien? –Nicole agitó las copas vacías–. ¿Vas a servir o prefieres que lo haga yo?

Debería aprovechar la oportunidad, pero en vez de eso sirvió el vino. No iba a hacer nada hasta saber las verdaderas intenciones de Nicole. Todo aquello bien podría ser una trampa.

Dejó la botella en el escalón superior y se recostó en el jacuzzi para tomar un largo trago de vino.

–¿Vas a decirme qué es todo esto, Nicole? –cuando una mujer planeaba algo, había que estar en guardia–. Nunca me has hecho compañía en el jacuzzi. ¿Por qué ahora? ¿Y por qué el vino?

–Bueno… –repuso ella simplemente–. Hace una noche muy agradable. He tenido un día agotador y me pareció buena idea relajarme en el jacuzzi –se encogió inocentemente de hombros–. A ti debe de gustarte mucho, pues lo haces todos los días.

Últimamente solo lo había hecho para evitarla, pero el tiro le había salido por la culata. Si estuvieran viendo la tele en el salón, ella al menos estaría vestida, y no con aquel bikini que lo estaba volviendo loco.

Un débil gemido escapó de su garganta al fijarse en sus pechos.

–¿Ocurre algo?

–No, nada –intentó sofocar sus reacciones, pero su cuerpo tenía otras ideas.

No importaba. Aún conservaba el control de sus actos.

Nicole tomó un sorbo de vino y giró la cabeza hacia él.

—Tengo algo que decirte...

—¿El qué?

—Quiero pasar una noche contigo.

El vino se le atragantó a Griffin y se puso a toser violentamente. ¿Nicole Baxter haciéndole una proposición? ¿El mundo se había vuelto del revés?

—¿Lo dices en serio? —le preguntó al recuperar el aliento.

—Totalmente.

Griffin sabía que debería apartarse mientras pudiera, pero no podía moverse.

—Sé que tú también lo deseas —continuó ella—. He visto cómo me miras, Griffin.

Él carraspeó incómodamente.

—No te ofendas, pero eso no significa nada.

Ella volvió a sonreír, como si no lo creyera.

—Has estado evitándome.

Desde luego que sí, pero no iba a admitirlo.

—Solo he estado respetando tu espacio.

—Escondiéndote.

—Yo no me escondo.

—Entonces ¿por qué estás tan nervioso?

Griffin soltó una brusca carcajada.

—Nena, no me pongo nervioso con una mujer desde que tenía quince años.

—Hasta ahora —replicó ella, tomando otro sorbo de vino.

Griffin apretó los dientes. No estaba nervioso. Solo estaba siendo… prudente. Como lo sería cualquier hombre que caminara por un campo de minas.

–¿Adónde quieres llegar, Nicole?

–Ya te lo he dicho… Creo que deberíamos tener una aventura.

Griffin tragó saliva, incapaz de formular una frase con coherencia. Aquello era lo último que se esperaba.

–¿Por qué?

–Porque tú me deseas y yo te deseo.

El mismo argumento que él había usado con tantas y tantas mujeres…

Pero, por muy grande que fuera la tentación, había algo que no podía olvidar.

–Tienes un hijo.

–Esto no tiene nada que ver con Connor.

–No estoy de acuerdo. Y tengo unas reglas muy estrictas al respecto.

–¿Reglas? ¿Qué clase de reglas?

–La clase de reglas que me impiden estar con mujeres que tengan hijos.

–No busco una relación, Griffin, así que no lo pongas tan difícil –se acercó más a él, hasta rozarle el muslo con la pierna–. Solo quiero tener uno o dos orgasmos.

–No puedo creer que estemos teniendo esta conversación.

–¿Y por qué no? ¿Es que ninguna mujer se te ha insinuado antes?

–Claro que sí, pero esto es diferente.

–¿Dónde está la diferencia? –los azules ojos de Nicole ardían con pasión e impaciencia–. Me divorcié hace tres años. ¿Sabes cuánto tiempo hace que no tengo sexo?

Griffin no podía apartar la mirada de sus ojos. Comprendía y compartía el fuego que ardía en ellos.

–¿Cuánto?

–Tres años. Cuando mi marido me dejó me quedé tan dolida y furiosa que no podía pensar en el sexo. El segundo año estuve muy ocupada con el trabajo y con Connor, y… Bueno, el caso es que han pasado tres años y de nuevo estoy preparada para tener sexo.

Griffin también lo estaba, más y más a cada segundo.

–Ya veo.

–Conozco tu reputación, Griffin. Sé que eres un mujeriego, que nunca te comprometes con nadie y… En este caso, esa incapacidad tuya para el compromiso es una ventaja.

–¿Esa incapacidad…?

Griffin soltó un bufido. La miró sin saber qué decir. Nunca se había encontrado en una situación semejante. Él siempre había sido el perseguidor, no el perseguido, y se sentía mucho más cómodo llevando la iniciativa.

Aunque bien pensado… ¿por qué no probar cosas nuevas?

Capítulo Cinco

–Estás loca… Lo sabes, ¿verdad?

–¿Algo que objetar? –preguntó ella con una media sonrisa.

–Supongo que no –repuso él, sonriendo también.

Le quitó la copa de vino y la dejó en el escalón, junto a la suya. Una vez que se hubiera acostado con ella, Nicole sería como todas las mujeres con las que había estado. Dejaría de protagonizar sus sueños y fantasías y él podría dormir en paz de nuevo. Ambos seguirían con sus respectivas vidas.

Todo sería perfecto.

Debería haber sido él quien diera el primer paso, y tal vez lo habría hecho de no haber estado tan ofuscado por ella. Sin contar que era una madre soltera y que la mujer de su primo lo mataría si le hacía daño a Nicole.

Aunque… ¿qué era una amenaza de muerte comparada con una mujer espectacular en un diminuto bikini?

–Sin lazos –susurró ella.

–Sin promesas –añadió él.

–Solo una aventura.

–Nada más.

–He traído preservativos –sacó unos cuantos paquetitos de debajo de los nudos en el costado del bikini.

–Bien pensado –murmuró Griffin, antes de tomar posesión de la boca con la que llevaba días fantaseando.

El primer roce de sus labios le provocó una descarga eléctrica por las venas, prendiendo hasta la última célula de su cuerpo.

Le separó los labios con la lengua y ella lo recibió con ansia. Sus lenguas se entrelazaron, Griffin se la subió al regazo y ella le rodeó el cuello con los brazos y le deslizó las manos por la piel mojada de su espalda. Sus caricias eran frenéticas, como si no pudiera tocarlo lo suficiente, y él sentía el mismo anhelo insaciable. La apretó con fuerza, ávido por explorar cada palmo de sus deliciosas curvas.

Llevó una mano hasta su pecho derecho y le acarició el endurecido pezón con el pulgar. Ella se arqueó hacia atrás con un fuerte estremecimiento.

–¡Griffin!

–Sí… –se echó hacia atrás para mirarla. Nicole tenía los ojos semicerrados y los labios abiertos en un suspiro de placer mientras él seguía torturándola con los dedos.

Se retorció sobre su regazo y Griffin exhaló un suspiro entre dientes. Estaba duro como una piedra, y tan tenso que temía explotar si hacía un movimiento equivocado.

De modo que solo haría los movimientos apropiados…

La agarró por la cintura para sentársela a horcajadas. Ella le sonrió y se frotó los pechos contra su torso.

–Esto es divino...

–Y va a ser mejor –le prometió él, con una voz que apenas podía oírse por encima de los chorros.

–Demuéstramelo.

–Con mucho gusto –volvió a besarla y se abandonó a las sensaciones que su exquisito sabor le provocaba. La sensación de tenerla en sus brazos, con sus piernas apretándole los muslos y su aliento en la boca lo volvía ciego de lujuria. Nunca había deseado tanto a una mujer. Nunca lo había embriagado tanto el sabor de unos labios.

Una voz de alarma intentaba avisarlo desde lo más profundo de su mente, pero la ignoró sin contemplaciones. Pasara lo que pasara entre ellos, no era el momento de pensar en las consecuencias. En esos momentos no quería ni necesitaba otra cosa que estar dentro de ella y poseer su cuerpo como había hecho en sus sueños.

Bajó las manos por sus costados y tiró de la parte inferior del bikini. Ella se apoyó en las rodillas para facilitarle la tarea. Cuando desapareció el bañador los dos estaban igualmente jadeantes.

–Tócame.

–Ahora mismo...

Llevó la mano hasta su sexo y ella emitió un gemido ronco que resonó en el pecho de Griffin. El deseo lo apremiaba, pero también la necesidad de verla gozar. De sentir sus estremecimientos de pla-

58

cer y contemplar el brillo de deleite en sus ojos. Le introdujo un dedo y sonrió cuando ella volvió a gemir.

–Me... encanta...

–Esto no es nada.

Le metió otro dedo hasta el fondo y la hurgó y acarició a conciencia hasta hacerla temblar y oscilar sobre sus rodillas. Entonces la rodeó con un brazo para sujetarla y siguió tocándola sin piedad, introduciéndole los dos dedos mientras con el pulgar le acariciaba el clítoris, hinchado y palpitante. Ella se aferró a sus hombros, echó la cabeza hacia atrás y se abandonó al orgasmo con un grito de placer.

Griffin la contempló extasiado. Tenía la boca seca y el corazón desbocado, pero consiguió resistir mientras sostenía a Nicole en sus brazos.

Nicole apenas podía respirar, pero no le importaba. Solo podía pensar en el increíble placer que acababa de experimentar.

Miró a Griffin a los ojos y vio en ellos la pasión que tanto había anhelado. Aún no podía creerse que hubiera tenido el valor de proponerle una aventura, se alegraba de haberlo hecho. El fuego que veía en sus ojos era lo que más deseaba en esos momentos.

Le deslizó las manos por los hombros y sintió la fuerza y dureza de sus músculos.

El agua caliente le lamió el cuerpo cuando él la hizo descender de nuevo a su regazo. Sintió la erección en la entrada de su sexo, aún palpitante, y cómo volvían a prender las llamas. Era sin lugar a dudas la mejor noche de su vida.

–Ha sido increíble –se inclinó para besarlo brevemente en los labios, pero él la agarró e intensificó el beso hasta que a Nicole empezó a darle vueltas la cabeza, abrumada por las sensaciones, los barridos de su lengua, el soplo de su aliento, el tacto de sus manos en la espalda…

Se estaba derritiendo y fundiendo con aquel pecho amplio y musculoso que hasta entonces solo había espiado de lejos. Griffin la soltó y le abrió el cierre frontal del bikini.

–Solo ha sido el comienzo…

–Me alegra saberlo –susurró ella, sintiéndose aún más atrevida cuando él arrojó la parte superior del bikini al borde del jacuzzi.

No pudo seguir pensando, porque las manos de Griffin le provocaban estragos en el cuerpo y la mente.

–Tienes unas manos portentosas.

–Eso me han dicho.

–No lo dudo.

El agua burbujeaba a su alrededor. Los chorros palpitaban como un corazón acelerado en la oscuridad. Nicole se deleitó con el cosquilleo de las burbujas y con las manos de Griffin recorriéndole la espalda. Él se inclinó para besarle el cuello y ella ladeó la cabeza para facilitárselo. Las manos de Griffin bajaron hasta su cintura y en un movimiento rápido y suave la apartó de él.

–¡Eh! –protestó ella.

–Espera un momento –se quitó el bañador y se puso de pie para ponerse uno de los preservativos que ella le había suministrado. Volvió a sentarse y se colocó a Nicole encima, sin ninguna prenda que se interpusiera entre ellos. Nicole ahogó un gemido al sentirlo pegado a ella.

Se elevó unos centímetros y, sin dejar de mirarlo a los ojos, descendió sobre su erección y fue introduciéndosela muy lentamente. Las paredes de su sexo se estiraban y amoldaban al miembro enhiesto.

–Sí… –murmuró él, empujando hasta el fondo.

Nicole jadeó y meneó las caderas, creando una fricción enloquecedora.

–Me vas a matar si sigues haciendo eso –le advirtió él.

–¿Quieres que pare? –le preguntó, apartándose el pelo de la cara.

–¡No! No te pares. Vale la pena correr el riesgo…

–Justo lo que pensaba.

Empezó a moverse sobre él, quien la guiaba con las manos en las caderas. Pero no podía moverse lo bastante rápido. Necesitaba desesperadamente llegar a…

–Eso es –farfulló él, y se dio la vuelta para colocar a Nicole sobre el banco–. Te deseo…

Nicole vio la verdad en sus ojos. Estaba tan exacerbado como ella. Igualmente perdido en las mismas sensaciones increíbles. El deseo los consumía; sus alientos se fundían, jadeantes y entrecortados; sus corazones latían al mismo ritmo desbocado y la fricción de los cuerpos los abrasaba. El orgasmo que

Griffin le había proporcionado antes no fue nada comparado con lo que se avecinaba. Nicole sintió cómo la tensión aumentaba hasta el límite. Tenía la liberación al alcance de la mano, a un suspiro de distancia, tan solo un poco más y…

—¡Griffin!

—Eso es, Nicole —la apremió él con voz agónica—. Dámelo.

—Tú también —dijo ella al borde del clímax—. Los dos juntos.

—Sí…

—¡Sí! —se agarró desesperadamente a sus fuertes nalgas y lo apretó contra ella con todas sus fuerzas mientras el orgasmo los barría a ambos con una ola devastadora.

Unos minutos después los dos estaban despatarrados en el jacuzzi, sonriéndose como tontos el uno al otro. Griffin se dio cuenta de que nunca había disfrutado tanto con una mujer. Fuera la clase de aventura que fuera, entre ambos había una conexión especial.

Al principio habían sido amigos, y quizá fuera esa la diferencia. La pregunta era, ¿seguirían siéndolo después de lo ocurrido?

—Ha sido… —empezó Nicole, pero dejó la frase sin terminar mientras flotaba perezosamente en el agua.

—Y que lo digas —Griffin alargó la mano para acariciarle el cuerpo.

Ella se estremeció y giró la cabeza hacia él.

–¿Me estás provocando?

–Solo intento animarte.

–No te preocupes por eso –suspiró–. Tal y como me siento ahora mismo…

–¿Quién está provocando ahora? –le preguntó él, y la agarró del tobillo para acercarla.

Ella le rodeó el cuello con un brazo y le deslizó la otra mano por el pecho.

–Entiendo por qué te gusta tanto este jacuzzi. Es genial.

–Ahora sí que lo es –entrelazó los dedos con los suyos, largos y esbeltos. Apenas podía creerse lo que había pasado–. Si Katie se entera de esto, me matará –dijo, riendo.

–No se enterará por mí –le aseguró ella–. No quiero que nadie lo sepa.

Él la miró fijamente. No sabía si sentirse excitado por tener una aventura secreta u ofendido por la decisión de Nicole de ocultarlo.

–Lo digo en serio –continuó ella–. No quiero ir contando por ahí que chantajeé a un hombre para que se acostara conmigo… por haberme quemado la cocina.

Bueno, al menos era algo, pensó Griffin. Nicole no intentaba ocultarlo porque se avergonzara de él; simplemente pretendía evitar que la vieran como a una chantajista.

–¿Entonces he saldado mi deuda?

–Diría que sí –le dijo ella con una sonrisa–. Aunque quizá debas compensarme un poco más…

–Yo siempre pago mis deudas.

–Me alegra saberlo.

Los dos volvían a estar listos para el baile. Griffin no recordaba haber estado nunca tan excitado por una mujer. Un solo roce de su mano y ya estaba ardiendo.

No, nunca había habido otra como Nicole. Cuando recuperase la habilidad para razonar pensaría qué podía significar aquello, pero por el momento…

–Ven aquí –le ordenó, acercándose él a su vez. Sus bocas estaban a escalos milímetros de distancia cuando de repente ocurrió.

–¡Mamaaaaaaaaaaaaaaaaaaaa!

Un chillido estridente y agudo salió del monitor de bebés, explotando la burbuja de íntima sensualidad que los envolvía. La voz de Connor fue como un chorro de agua helada para Griffin, y sospechó que también para Nicole. Ella se apartó y bajó rápidamente el volumen del aparato. Los llantos de Connor se hicieron más débiles, pero no menos insistentes.

–Parece que nuestra noche se ha acabado –dijo de mala gana–. Tengo que irme.

–Lo sé –Griffin levantó una mano para apartarle un mechón mojado de la cara.

Al rozarle la mejilla con la punta de los dedos volvieron a prender las llamas de un deseo insaciable. Con cualquier otra mujer habría bastado una sola noche, pero con Nicole…

–Será mejor que te vayas –dijo Griffin tranquilamente. Quería agarrarla y mantenerla allí, pero sabía muy bien que no podía hacerlo.

Ella cerró los ojos un instante.

—Siento que todo tenga que acabar tan pronto.

—Sí, yo también.

—¿Cómo… cómo estamos ahora?

—Ya te lo puedes imaginar —repuso Griffin. Se hablaban como si fueran dos completos desconocidos, tan solo unos minutos después de que él le estuviera besando los pechos y ella rodeándole la cintura con las piernas.

La voz de Connor había roto el hechizo, y seguramente fuera mejor así. Solo era sexo, nada más.

Ella asintió.

—Pensaba que después todo sería más… difícil entre nosotros.

Desde luego, pensó Griffin. Cada vez que la miraba recordaba lo sucedido y deseaba más.

—No va a ser igual que antes, eso está claro.

—Aun así ha merecido la pena —dijo ella.

—Y tanto que sí.

Ella sonrió y se dispuso a salir del jacuzzi, pero se detuvo y volvió a sumergirse.

—Te parecerá absurdo, pero… ¿podrías cerrar los ojos?

—¿Me lo dices en serio? —le sonrió a pesar del nudo que se le formaba en el estómago—. Te he visto entera.

—Sí, pero… —hizo un gesto abarcando el agua—. Esto es distinto.

—No dejas de sorprenderme.

–Eso es bueno, ¿no?

–Sí, supongo que sí –alargó un brazo para agarrarle el biquini–. Podrías ponerte esto…

–Me llevaría demasiado tiempo ponérmelo en el agua. Vamos, Griffin. Cierra los ojos un momento para que pueda ir a ver a Connor.

Era una mujer realmente peculiar, pensó él. ¿Cómo podía sentir vergüenza después de lo que habían hecho? Sus reacciones eran absolutamente impredecibles y él se sentía cada vez más intrigado.

–De acuerdo –aceptó, y cerró los ojos con aquel último e inquietante pensamiento.

–Gracias –oyó el chapoteo del agua al salir Nicole del jacuzzi–. Voy a usar tu toalla, porque se me ha olvidado traer una.

–No hay problema –tenía los ojos cerrados, pero su imaginación se las bastaba para verla envuelta con la toalla, con el agua resbalando por sus brazos, piernas y cuello.

–Ya está –dijo ella a los pocos segundos.

Griffin abrió los ojos y se encontró con una imagen aún más tentadora que sus fantasías. Nicole ofrecía un aspecto irresistiblemente erótico envuelta con una toalla blanca y mirándolo con un destello de pasión en sus ojos azules. Tuvo que hacer un enorme esfuerzo para no agarrarla y meterla de nuevo en el jacuzzi. Al diablo con las consecuencias. La deseaba y punto.

Por desgracia, la diversión había acabado y Nicole volvía a su papel de madre.

–Ha sido genial –dijo ella, dirigiéndose lentamente hacia la puerta–. Nos… nos vemos mañana, ¿no?

–Sí.

Griffin se quedó unos minutos contemplando la puerta después de que ella la cerrase. Nicole solo quería una aventura de una noche.

Pero él deseaba mucho más.

Nicole arropó a su hijo y le acarició los rubios cabellos. El pequeño estaba acurrucado de costado, abrazado a un cocodrilo de peluche después de que ella lo hubiera tranquilizado con arrullos y carantoñas.

La luna iluminaba el cuarto. Casi todos los juguetes de Connor seguían en su casa, pero Griffin había insistido en que llevasen los suficientes para que el niño se sintiera más cómodo. Aquel gesto había sorprendido y conmovido a Nicole. Griffin no era quien ella se había esperado.

Volvió a mirar a su pequeño, dormido en la amplia cama de matrimonio en la que Nicole había amontonado los cojines y almohadas a un lado para que no se cayera. A Connor le había encantado que le dieran una cama de niño grande.

Caminó hacia la ventana y contempló la calle. El barrio de Long Beach era muy acogedor, los bungalows se alineaban en la calle y los árboles formaban un arco alargado que proporcionaba una agradable sombra en verano. Las familias llevaban una vida tranquila y apacible, y a Nicole le encantaba vivir en aquel remanso de paz y seguridad.

Había llegado allí después de que su marido la abandonara. La casa de su abuela y sus gratos recuerdos le habían proporcionado la estabilidad y la comodidad que tanto necesitaba. Y vivir en aquella bonita calle donde todos se conocían la había ayudado e encontrar de nuevo su camino.

Katie y ella se habían hecho íntimas amigas y eso la ayudó a recordar quién era realmente. Había encontrado la fuerza para afrontar la soledad y el embarazo, y finalmente pudo liberarse del rencor que albergaba hacia su marido por haberla abandonado cuando más lo necesitaba. Estar sola era infinitamente mejor que estar con la persona equivocada.

Y cuando nació Connor no pudo menos que estar agradecida. Los últimos años no habían sido fáciles, teniendo que hacer de madre, padre y empresaria. Pero no los habría cambiado por nada del mundo. Se había hecho más fuerte de lo que nunca había creído ser. Y tenía a Connor. No necesitaba nada más. Hasta ese momento…

Tras su breve pero demoledora experiencia con Griffin, se preguntaba si tal vez podría aspirar a algo más. No con Griffin, naturalmente. Él no era de los que se comprometían, y por esa misma razón lo había elegido para su aventura sexual.

Aunque, por otro lado, tenía que admitir que era muy bueno con Connor. Y simpático, y divertido, y buen conversador, y guapísimo, y…

Basta, se ordenó a sí misma. Ella era madre soltera y él era un mujeriego. No había ningún futuro en común.

Suspiró y, tras echarle una última mirada a su hijo, se fue a su habitación. Miró por la ventana que daba al jardín trasero, desde allí no podía ver el jacuzzi, pero su imaginación no tenía ningún problema para evocar a Griffin en el agua, con los ojos ardiendo de pasión y su fabuloso cuerpo esperándola…

Un hormigueo se propagó por la parte inferior de su anatomía. Suspiró y se deleitó con la sensación, por inquietante que fuera. Debería haber quedado satisfecha con sus orgasmos y olvidarse del asunto. Solo buscaba una breve aventura y ya la había tenido.

Pero su cuerpo se negaba a olvidar…

Se apartó de la ventana y se metió en la cama, donde permaneció mirando al techo. No podía llamar a Katie para contárselo, pues no quería que nadie se enterara. Y era inútil volver a hablar con Sandy, ya que el único consejo que recibiría de su amiga era que siguiera acostándose con Griffin.

Algo que no podía hacer bajo ningún concepto.

La puerta se abrió y el corazón le dio un vuelco. Giró la cabeza y vio a Griffin en el umbral.

—¿Connor está bien?

—Sí, está durmiendo. Solo era una pesadilla —era absurdo estar nerviosa. Tan absurdo como haberle pedido que cerrara los ojos para poder salir del jacuzzi. Pero la situación era desconocida para ella y no sabía cómo comportarse. ¿Debería invitarlo a entrar? ¿Pedirle que se marchara? ¿Ofrecerle su cuerpo desnudo y excitado?

—Quería hablar contigo —dijo Griffin.

–¿De qué? –se preparó para recibir una respuesta del tipo: «Eres una mujer encantadora, pero el sexo no ha sido gran cosa y deberías pensar en ingresar en un convento».

–No he acabado.

–¿Qué?

Griffin se pasó una mano por el pelo y se frotó la nuca.

–Que no he acabado contigo.

Capítulo Seis

Nicole respiraba aceleradamente mientras sostenía la mirada en el hombre que tenía delante, quien la miraba como si ella fuera un festín al final de un largo ayuno.

—Ahora soy yo quien viene a ti —Griffin separó las piernas y se cruzó de brazos sobre el pecho—, y quiero más de una noche. ¿Tú no?

Aquella era su oportunidad para volver a la normalidad y fingir que nada había cambiado entre ellos, a costa de perderse los orgasmos más maravillosos que pudiera imaginar.

El problema era que no quería renunciar a ellos. Ni a Griffin.

—Sí —respondió. Tragó saliva y se regocijó con las expectativas—. Yo tampoco he acabado contigo.

Él le dedicó una sonrisa fugaz que iluminó sus ojos y que le provocó a Nicole un temblor por todo el cuerpo.

—En ese caso, tenemos que fijar reglas nuevas —caminó hacia ella en largas y lentas zancadas—. Continuaremos esta aventura hasta que los dos tengamos bastante o hasta que vuelvas a tu casa.

Era curioso que el día anterior ella hubiera estado tan impaciente por volver a la normalidad y que, estando frente a Griffin, no quisiera ni pensar en terminar aquella aventura. No deseaba otra cosa que volver a sentir lo que él le había dado a probar, y no se avergonzaba por ello.

–¿Te parece bien?

Mejor que bien. Porque él estaba allí, mirándola con ojos llameantes y ávidos de deseo.

–Me parece genial –alargó los brazos y él se inclinó hacia ella–. Pero no quiero que nadie lo sepa, Griffin.

–De acuerdo –aceptó él, aunque no parecía hacerle mucha gracia.

Si iban a tener una aventura de verdad, y no solo una noche, era crucial mantener la discreción. Porque Nicole no quería recibir la compasión de nadie cuando Griffin la abandonara, como sin duda acabaría sucediendo.

–En público tendremos que comportarnos como siempre.

–¿Quieres decir con reproches y discusiones? –preguntó él con una media sonrisa–. No creo que sea muy difícil.

–Yo tampoco.

–Pero en privado… –apoyó las manos en la mano, atrapándola entre sus brazos.

–En privado… –tragó saliva y se lamió los labios, resecos.

–Lo haremos tanto como sea posible –dijo él, dándole un beso breve pero intenso.

–Eso suena maravilloso –admitió ella, sujetándole la cara entre las manos.

—¿Lo ves? Nada de discusiones. ¿Tienes más preservativos a mano?

—En el cajón de la mesilla.

Sin perder un segundo, Griffin sacó un preservativo del cajón, se desnudó y se enfundó el miembro erecto. Nicole lo contempló extasiada a la luz de la luna, con el corazón desbocado y una corriente de excitación propagándose por sus venas.

Griffin agachó la cabeza y empezó a lamerle y morderle los endurecidos pezones. Un delicioso remolino de calor y placer le brotó en el estómago y le fue descendiendo a la entrepierna. Toda su piel pedía a gritos que la tocara. Le recorrió el pecho y los hombros con las manos, y luego bajó por sus brazos. Él la cubrió con su cuerpo, piel contra piel, boca contra boca. Sus miembros se entrelazaron frenéticamente y el aire se llenó con los gemidos y jadeos de anhelo y desesperación. Todo lo que Nicole había sentido un rato antes volvió a invadirla, pero con una intensidad y magnitud mucho mayores. Sentía el frío de la colcha en la espalda y la ardiente excitación de Griffin sobre ella. Separó las piernas para recibirlo y lo miró mientras la penetraba lentamente. Los rasgos de Griffin se endurecieron en una máscara de goce y deseo. Levantó las caderas para que la llenara por completo y sintió que los dos cuerpos se fundían en uno. Era como si hubiera encontrado la pieza que toda su vida le había faltado. Con él se sentía plena, henchida, completa. Todo era maravilloso y perfecto.

Pero aunque no fuese una simple aventura, lo

que estaba sintiendo con Griffin tenía fecha de caducidad. No había futuro. Solo un presente de ensueño.

Griffin incrementó el ritmo de las embestidas y ella se movió al unísono. Los suspiros, gemidos y jadeos ahogados resonaban en la burbuja de pasión que envolvía sus cuerpos, unidos en la delirante búsqueda del éxtasis. Nicole se abandonó al arrebato que ardía en los ojos de Griffin, le clavó los dedos en la espalda y gritó su nombre mientras los temblores la sacudían con la arrolladora fuerza del clímax.

Momentos después, Griffin la besó y también él se rindió a la incontenible oleada de placer liberador. Nicole sintió cómo explotaba y se vaciaba dentro de ella con un largo gemido; y cuando las llamas de pasión y delirio se extinguieron, se aferró a él para mantenerlo pegado a su corazón y olvidarse del mañana.

—Al menos han cesado los martilleos.

—Por ahora.

Nicole miró a Lucas, que estaba junto a Griffin, y por un instante se quedó con la mente en blanco. Tenía frente a ella a dos hombres apuestos y atractivos y se estaba acostando con uno de ellos.

Durante los últimos tres días, siempre que había alguien cerca, fingían estar siempre discutiendo y sacándose mutuamente de sus casillas. Y por las noches se dedicaban a avivar la excitación y satisfacer sus deseos salvajes.

¿Cómo era posible que su vida se hubiera complicado tanto?

–¡Quiero zumo, mamá!

Gracias a Dios, pensó mientras miraba a Connor. Siempre podía contar con su hijo para volver a la realidad.

–Claro, cariño –llenó el vaso de Connor de zumo de manzana y se volvió para dárselo. Y lo que vio le encogió el corazón.

Griffin tenía a Connor en brazos y le hacía cosquillas en la barrica. El pequeño reía y se retorcía alborozado.

–Es un gran chico –dijo Lucas–. Ya debe de tener casi tres años, ¿no?

–Sí –respondió ella mientras le daba el zumo a Connor–. Está creciendo muy deprisa.

–Y tiene un brazo terrible –añadió Griffin, girando la cabeza para evitar el manotazo de Connor.

–¿Estás jugando a la pelota con él? –preguntó Lucas.

–¿Ah, sí? –preguntó Nicole al mismo tiempo.

Griffin los miró a uno y a otro, y por su expresión parecía avergonzado de jugar con Connor.

–Sí. Esta mañana estuvimos jugando un poco, cuando lo dejé en la guardería.

–¿Tú lo dejaste en la guardería? –Lucas estaba cada vez más sorprendido.

–Yo tenía un compromiso y Griffin me hizo el favor de llevarlo –explicó Nicole rápidamente. No quería que Lucas los viese como a una pareja–. Está en deuda conmigo, por haberme quemado la cocina.

–Habíamos acordado que fue accidente –protestó Griffin.

De nuevo pisaba terreno seguro, pensó Nicole. Sus discusiones convencerían a cualquiera de que no eran más que compañeros circunstanciales de casa.

–Sí, un accidente que no habría tenido lugar si no hubieras insistido en ayudarme después de que yo te dijera que no hacía falta.

–Que tú puedas hacer algo por ti misma no significa que debas hacerlo.

–No creo que… –intentó interrumpir Lucas.

–Y que tú puedas ayudar no significa que debas hacerlo –replicó Nicole con la mirada fija en Griffin.

–… sirva de mucho discutir sobre… –continuó Lucas.

–Aceptar la ayuda no significa renunciar a tu orgullo –dijo Griffin–. El orgullo no siempre es lo más importante del mundo, ¿sabes?

–Y eso lo dice un hombre que tiene un ego como una casa.

–El ego no es lo mismo que el orgullo.

–A veces el orgullo es lo único a lo que podemos aferrarnos algunas personas –contestó Nicole, y le arrebató a Connor de los brazos. Había comenzado la discusión para evitar sospechas por parte de Lucas, pero de alguna manera se le había escapado de las manos. ¿Cómo se atrevía Griffin a echarle en cara su orgullo cuando los King eran más orgullosos que nadie?

No estaba realmente enfadada con Griffin por el incendio de la cocina, pero él tenía que admitir que lo había causado la pobre opinión que tenía de ella para ocuparse de sí misma.

–¿Has recibido noticias de mi compañía de seguros? –le preguntó a Lucas.

Él miró brevemente a Griffin antes de responder.

–Sí. Todo está en orden, salvo por el deducible –añadió con una mueca incómoda.

–Lo sé –también Nicole quiso poner una mueca. Odiaba la idea de emplear sus pocos ahorros en una reforma que no había previsto.

Al menos, cuando se hiciera cargo del deducible y las obras hubieran acabado, tendría una cocina maravillosa en la que todo funcionaría a la perfección.

–Yo pagaré el deducible –dijo, alzando el mentón–. Mañana mismo te expediré un cheque.

–Nicole… –empezó Griffin.

–Es mi casa y es mi problema –lo cortó ella, mirándolo furiosamente a los ojos.

–Muy bien. Si quieres ser una cabezota, adelante.

–Oh, vaya, qué amable por tu parte dejar que yo pague mis facturas y asuma mis responsabilidades. Muchas gracias.

–¿Pelota? –preguntó Connor, esperanzado.

–Ahora no, cariño.

–Claro –respondió Griffin al mismo tiempo que ella.

Lucas puso los ojos en blanco.

—Es la hora de su siesta —le dijo Nicole a Griffin.

—No parece cansado.

—Es mi hijo y yo decido.

Unos largos segundos pasaron antes de que Griffin asintiera con el ceño fruncido.

—Muy bien.

Nicole abandonó la estancia, pero en la puerta se detuvo y volvió a mirar a los dos hombres. Lucas parecía dubitativo, mientras que la expresión de Griffin era una mezcla de desagrado y furia contenida. Peor para él. Tendría que acostumbrarse a que Nicole era la dueña de su vida. No necesitaba a nadie que tomara las decisiones por ella. Y tampoco necesitaba la ayuda de nadie para criar a su hijo. Lo había hecho hasta que Griffin irrumpiera en su vida, y volvería a hacerlo cuando él se fuera.

Con Griffin estaba jugando a un juego muy extraño. Amantes por la noche, enemigos cordiales de día. Él se había convertido en una parte de su rutina y los dos estaban construyendo una relación a partir de unos cimientos inexistentes.

Era lo más disparatado que había hecho nunca, y sin embargo no podía lamentarlo.

¿Amantes o enemigos?

Ya no estaba segura de nada.

—Está muy enfadada contigo por la cocina —dijo Lucas cuando se quedaron solos.

—Eso parece —musitó Griffin. Sacó dos cervezas

del frigorífico y le arrojó una a su primo. Aquella condenada mujer era terca como una mula. Debería haber sido una King. Habría encajado a las mil maravillas en su familia.

Pero si hubiera sido una King no estarían juntos, y esa posibilidad se le antojaba inimaginable.

Todo lo que acababa de mediar entre ellos había sido una farsa. La tensión creciente y los mutuos reproches impedirían que nadie sospechara de lo que había realmente entre ambos. Pero las palabras de Nicole no solo habían sido duras, sino también muy convincentes.

Su maldito orgullo era tan obcecado como el de Griffin. En otras circunstancias él podría haberlo comprendido y respetado. Pero en aquellos momentos se interponía en su camino, y eso era del todo inaceptable.

Como el maldito deducible de la póliza de seguros. Él sabía que Nicole no podría pagarlo, pero ¿acaso pediría ayuda? Desde luego que no. Lo culpaba a él del incendio, y al mismo tiempo no le permitía pagar el deducible. Todo un sinsentido.

La risa de Lucas lo sacó de sus divagaciones.

—Esa chica te pone de los nervios, ¿eh?

—Ni te lo imaginas.

—Oye, sé muy bien lo que es vivir con una mujer que se enfada contigo por todo. ¿Qué te parece si te echo una mano? Anoche acabamos un trabajo antes de lo previsto, así que puedo traer más gente para terminar cuanto antes la cocina de Nicole.

Griffin no quería que acabaran cuanto antes,

porque cuando Nicole volviera a su casa todo acabaría entre ellos. Aquel había sido el acuerdo.

Su aventura de verano llegaría a su fin.

Apretó con fuerza el cuello de la botella. No estaba listo para acabar. No quería nada permanente con Nicole, pero sí quería algo más que unos pocos días.

—No —dijo, ganándose la mirada sorprendida de Lucas.

—¿Por qué no?

—Porque no tengo prisa, por eso.

—Claro… —Lucas le dio un trago a su cerveza y se apoyó en la encimera—. Eso cuéntaselo a otro, porque a mí no me engañas.

Griffin le lanzó la legendaria mirada de hielo de los King, destinada a aterrorizar a cualquiera que osara enfrentarse a un King. Lo malo era que con la familia no funcionaba.

—Piensa lo que quieras, Lucas.

—Ya lo hago, ¿o es que crees que no puedo leerte la cara? Nunca se te ha dado bien el póquer, Griff. Es Garrett quien tiene una expresión inescrutable. La tuya es un libro abierto.

La irritación se apoderó de Griffin. Era un experto en seguridad, por amor de Dios. Se ganaba la vida ocultando sus emociones. ¿Qué demonios le estaba haciendo Nicole?

—Pues deja de leer.

—Demasiado tarde —Lucas volvió a reírse—. Maldita sea, primo… ¿Con la mejor amiga de Katie?

—Déjalo, Lucas —le advirtió Griffin. Si su primo

no lo dejaba en paz acabarían teniendo una de las famosas peleas a puñetazos de los King.

–Tranquilo, tranquilo –dijo Lucas–. Sabes que estás muerto si Katie te descubre, ¿verdad?

–Sí, lo sé muy bien.

No temía por su vida, lógicamente, pero sí con quedarse sin galletas para siempre. Sin contar con la ira de Rafe si hacía enfadar a su esposa.

Siempre antepondría la familia a cualquier aventura que pudiera tener con Nicole, pero aún no estaba listo para dejarla marchar.

–No sé si es que te ha dado fuerte o si te has vuelto loco –comentó Lucas.

–Puede que ambas cosas.

–No es buena señal, primo.

–Qué me vas a contar… –murmuró Griffin. Él era un hombre que siempre sabía qué hacer. Siempre tenía un plan para todo. Nunca hacía nada sin analizar las consecuencias y las alternativas. En el negocio de la seguridad era fundamental tener un plan de emergencia.

–En serio, Griff. Espero que valga la pena.

–Yo también –el frío de la botella que tenía en la mano no podía aliviar el calor que lo abrasaba por dentro al pensar en Nicole.

Aquella era su respuesta. Por ella estaba dispuesto a enfrentarse a su familia. Y a sufrir su ira cuando descubriera que él había pagado el deducible y que había autorizado algo más que unas simples reformas en la cocina.

Sí. Nicole valía la pena. Y eso lo inquietaba.

Capítulo Siete

Al día siguiente Connor estaba en la guardería cuando Nicole volvió a la cafetería de Sandy para preguntarle algo relativo a las facturas de la semana. Como era natural, su amiga no le dio tiempo a preguntarle nada en cuanto se sentaron a la mesa.

—¿Cómo van las obras de la cocina?

—No estoy segura —respondió Nicole mientras hojeaba el libro de contabilidad—. No la he visto desde que Lucas y sus hombres empezaron a trabajar.

—¿Cómo? —Sandy retiró el envoltorio de su pastel de limón y le dio un bocado—. ¿Te has vuelto loca o qué? Es tu cocina. ¿Acaso no te importa lo que hagan con ella?

Nicole encontró la hoja que buscaba y se la deslizó a Sandy sobre la mesa.

—Estuve allí mientras destrozaban el techo y los armarios de mi abuela con unos mazos gigantes. En el suelo había un agujero enorme… —se estremeció al recordarlo—. No quiero ni puedo ver mi cocina así.

—Pero la están reformando.

—Y quedará genial cuando acaben. Mientras tanto, Griffin me mantiene al corriente de cómo van las obras.

–¿Un hombre? –Sandy sacudió la cabeza–. ¿Te fías de la opinión de un hombre para las reformas de tu cocina?

–Griffin está allí todos los días. Está trabajando con los obreros y... –era difícil fingir desinterés ante los demás.

El día anterior había comenzado a actuar al criticar a Griffin delante de Lucas, pero le había parecido demasiado real. Y ella no quería vivir la realidad en esos momentos. Solo quería continuar con su fantasía.

Cuando Lucas se marchó, ni Griffin ni ella hablaron de la pseudodiscusión. Pero ella sabía que los dos seguían pensando en la misma.

–Esto no tiene ningún sentido –dijo Sandy, tamborileando con los dedos en la mesa–. A menos que no tenga nada que ver con tu cocina...

–¿Qué otra cosa podría ser?

–Has dicho que Griffin está allí todos los días. A lo mejor estás intentando evitarlo a él.

Nicole se echó a reír.

–Vivo con él, Sandy. ¿Cómo voy a evitarlo?

–¡Ajá!

–¿Qué?

–Nada, nada... Es solo que no has tocado tu bizcocho. Cada vez que pronuncias el nombre de Griffin apartas la mirada. Y pareces una mujer que está teniendo sexo con regularidad.

Nicole volvió a reírse, pero esa vez le salió una risa demasiado nerviosa.

–¿Perdona?

–Oh, vamos. Conozco bien esa expresión –le hizo un guiño–. La veo siempre que me miro al espejo.

–Eres demasiado perspicaz.

–Es un don.

–Pues deberías devolverlo –replicó Nicole, y le dio un mordisco exagerado a su bizcocho. Una explosión de sabor casi la hizo gemir. Sandy podía ser exasperante, pero era una magnífica pastelera.

–Quiero detalles. No me has contado cómo fue la noche de los orgasmos.

–¿Y por qué iba a hacerlo?

–Porque fui yo la que te animó a tener esta aventura.

Era cierto. Si Sandy no se lo hubiera sugerido, Nicole no se habría atrevido a seducir a Griffin en el jacuzzi. Y se habría perdido… muchas cosas.

–Fue una buena idea –admitió con un suspiro.

–¿Cómo de buena?

–Tan buena que no bastó con una sola noche.

Sandy parpadeó con asombro.

–¿La aventura continúa?

–Sí –y tanto que sí.

Cada vez que se decía a sí misma que era lo mejor que había vivido, Griffin le demostraba que podía ser todavía mejor. Aquel hombre tenía unas manos increíbles. Y una boca increíble. Y una… cada vez estaba más metida en una situación de la que no quería salir.

Y eso era un problema muy serio, porque empezaba a sentir cosas por Griffin que no debería.

–Qué interesante… –comentó Sandy.

–Sí, mucho –y también peligroso, y sexy, e irresistiblemente tentador.

–¿Fue idea tuya seguir?

Nicole soltó una breve carcajada.

–No. Fue idea suya.

–¿En serio?

–No vayas a sacar conclusiones precipitadas –le advirtió Nicole. Si lograba convencer a su amiga de que aquella aventura no significaba nada, tal vez también ella empezara a creerlo–. Es solo una aventura, Sandy. Puede que no de una sola noche, pero una aventura al fin y al cabo.

–Una aventura habría acabado ya –objetó Sandy–. Habría bastado con una noche inolvidable. Pero esto es algo más, ¿verdad?

–No se ha acabado, pero te digo que solo es una aventura –insistió con toda la firmeza que pudo–. Sin lazos y sin promesas.

–Más que una aventura, parece un idilio.

¿Un idilio? Nicole se removió incómodamente en el asiento y le dio otro bocado al bizcocho. Un idilio era una relación, y ella y Griffin no tenían una relación. Sí, vivían en la misma casa, comían juntos, reían, discutían y tenían sexo todas las noches. Pero… era solo una aventura sexual.

El estómago le dio un vuelco al pensarlo más detenidamente. Tenían sexo, de acuerdo, pero después no dormían en camas separadas. Se quedaban juntos y se despertaban juntos. Reían juntos. Jugaban juntos con Connor. Incluso compartían las tareas domésticas. Si eso no era una relación, ¿qué era?

–¿Estás bien? –le preguntó Sandy–. Te has puesto muy pálida de repente.

–No, no estoy bien –admitió ella.

Las imágenes de Griffin se sucedían ante sus ojos como una sucesión de diapositivas. Griffin por la mañana, sonriéndole por encima de la taza del café. Griffin por la noche, llevando a Connor a la cama con la risa del pequeño flotando en el aire. Griffin inclinándose para besarla mientras la subía al cielo. Griffin sentado con Connor en su regazo, leyéndole un cuento y meciéndolo junto al cocodrilo de peluche. Griffin en el jacuzzi, tendiéndole una copa de vino. Griffin haciéndole el amor a la sombra del olmo. Griffin con la frente y las manos manchadas de grasa mientras arreglaba el radiador del coche. Griffin cenando con ella a la luz de las velas en el salón.

Entre ellos había mucho más de lo que había pensado. No sabía qué era ni cuánto iba a durar, pero de lo que estaba segura era que sufriría enormemente cuando acabara.

Se había lanzado de cabeza a aquella aventura, convencida de que podía disfrutar del sexo sin que peligrara su corazón. Pero al parecer no era tan simple.

–Cariño…

Se sacudió mentalmente y vio la preocupación en los ojos de Sandy.

–Por esto no quiero que nadie sepa lo que tengo

con Griffin. Tú eres distinta, ya que lo sabías incluso antes de que pasara. Pero, Sandy, te advierto que me pondré a gritar o a llorar como te compadezcas de mí.

—No me gusta que te hagan daño.

—A mí tampoco —repuso Nicole—. Por eso me he metido en esto con los ojos bien abiertos.

—Ese es el problema, ¿verdad?

Nicole suspiró.

—Posiblemente, porque veo que se va a acabar.

—No tiene por qué acabar.

—Claro que se tiene que acabar —insistió Nicole, riendo amargamente—. Lo he sabido desde el principio, y no me puedo permitir olvidarlo, ni siquiera por un segundo —respiró hondo y cambió de tema, pues no sabía cuánto más podría soportar la mirada compasiva de Sandy. Muy pronto comenzaría a compadecerse de sí misma, y eso no la llevaría a ningún lado—. Bueno… ¿qué tal si en vez de mi vida amorosa hablamos de este pedido de harina y azúcar? —le dio unos golpecitos a la hoja que había deslizado en la mesa unos minutos antes—. No he conseguido adivinar la cantidad que aparece en la factura, porque tienes una letra realmente desastrosa. ¿No habíamos decidido que introducirías todas las facturas en el ordenador?

Sandy agarró la hoja y sonrió, entendiendo que su amiga estaba al borde de una crisis nerviosa.

—Pero si lo hiciera no te necesitaría.

—Buena observación —el único motivo por el que Nicole tenía un próspero negocio era que sus clientes despreciaban o desconocían los programas de contabilidad.

Mientras Sandy estudiaba su propia letra como si fueran jeroglíficos, Nicole volvió a pensar en Griffin. En el final cada vez más cercano y en las noches que aún podía disfrutar.

Cuando todo acabara, le quedarían los recuerdos para consolarse… y sufrir.

—¿Están ya los armarios nuevos?

—¿Qué? —Griffin miró a Nicole, estando los dos sentados a la mesa del comedor. Cada vez se sentía más cómodo con ella, y le sorprendió no añorar las cenas calentadas en el microondas que tomaba en su solitario y silencioso apartamento.

—Los armarios.

—Ah, sí… —asintió, y se obligó a prestar atención—. Sí, sí, ya están.

Y eran de roble en vez de pino, pero ella no le había preguntado aquel detalle. Miró su postre con el ceño fruncido. No se arrepentía de estar reformando por su cuenta la cocina de Nicole, pero al menos podría avergonzarse de estar ocultándoselo.

—Estupendo. La encimera estará pronto, ¿verdad?

—Sí, en unos días —el marmolista aún estaba buscando la piedra adecuada que encajara con la descripción que Nicole le había hecho de su cocina ideal—. Pero mañana pondrán el suelo.

Nicole asintió y le sirvió a Connor unas cuantas

fresas cortadas en su bandeja. El niño se las llevó rápidamente a la boca y Griffin no pudo evitar una sonrisa. El pequeño le había conquistado el corazón, y lo echaría terriblemente de menos cuando todo acabara.

–¿Crees que el linóleo que he elegido irá bien con las paredes verdes? –le preguntó Nicole.

–Por supuesto –respondió él mientras se servía unas cucharadas de nata en su cuenco de fresas. El suelo de color crema elegido por Nicole habría combinado muy bien con el color de las paredes. Pero el linóleo barato no duraría más de cinco años. Las baldosas moteadas que él había encargado quedarían mucho mejor. Y durarían mucho más tiempo.

A ella no le haría ninguna gracia, pero a menos que lo obligara a arrancar las baldosas, algo no del todo improbable, tendría que resignarse a su nuevo y flamante suelo. Y aunque no lo admitiera, le encantarían los cambios de la cocina.

A veces había que hacer lo correcto aunque los demás no estuvieran de acuerdo, se dijo Griffin. No iba a permitir que Nicole tuviera menos de lo que se merecía por culpa de su estúpido orgullo.

Se frotó la nuca y escuchó el alegre e incomprensible parloteo de Connor.

–Mi amiga Sandy me ha dicho que estoy loca por no controlar las reformas, pero le dije que confío en ti –le estaba diciendo Nicole.

La confianza que depositaba en él lo hacía sentirse culpable.

–Gracias –se limitó a responder, engullendo un puñado de fresas para intentar deshacer el nudo de la garganta.

Fuera estaba oscuro, pero en la cocina se respiraba un aire cálido y acogedor. Griffin no recordaba haber vivido en un ambiente semejante desde que era niño. Cuando sus padres vivían y todos sus hermanos estaban en casa, sentía que pertenecía a algo más sólido y seguro que uno mismo. Lo mismo que sentía con Nicole y Connor.

Pero su lugar no estaba con Nicole y Connor. Era una simple convivencia temporal, nada más. Una vez que se acabara, cada uno seguiría su camino y nunca más volverían a compartir algo semejante.

Aquella idea debería hacerlo sentir mejor, pero, curiosamente, no fue así.

–¿Cuándo estará lista la cocina? –le preguntó Nicole.

–Pronto –murmuró él. A su primo le importaban un bledo sus planes y estaba decidido a acabar aquel trabajo cuanto antes, de modo que él y su mujer pudieran irse a Irlanda a visitar a su primo Jefferson.

Por tanto, había seis hombres trabajando a destajo en la cocina de Nicole. En cuestión de pocos días habrían acabado, y al cabo de una semana Rafe y Katie volverían a Long Beach.

–Genial –dijo Nicole–. Es… estupendo.

Griffin vio en sus ojos el mismo destello de emociones enfrentadas que sentía él.

–Sí, lo es.

–¡Quiero un cuento! –gritó Connor.

Tenía la cara y el flequillo manchados de fresa. Sus ojos brillaban de inocencia, como los de su madre, y Griffin sintió un nudo en el pecho. Tenía experiencia a la hora de dejar a una mujer, pero con un crío todo se complicaba.

–Parece que necesitas un baño, campeón –dijo, intentando disimular su aflicción con una carcajada.

–Así es –corroboró Nicole, y se levantó para sacar a su hijo de la sillita.

–Yo lo haré –se ofreció Griffin sin pensarlo.

–Me toca a mí –le recordó ella–. Tú lo bañaste anoche.

–Si con ello consigo librarme de lavar los platos…

–¡Baño no! –gritó Connor.

Griffin sonrió. Recordaba haber sido un niño reacio al baño, y recordaba a su madre, siempre atareada y acelerada, vigilando a cinco niños mientras limpiaba la cocina. Pero al menos contaba con la ayuda de su padre para bañarlos y llevarlos a la cama.

Muy pronto Nicole volvería a estar sola, sin nadie que le permitiera tomarse un respiro. Griffin no estaría con ella para ayudarla. Estaría lejos de allí, en la nueva casa que se comprara, llenando sus noches con mujeres anónimas y sexo sin sentido. Y Nicole y Connor seguirían viviendo sin él.

Una sensación fría y desagradable se le asentó en la boca del estómago.

Pero Nicole aún no estaba sola.

–No. Yo me ocupo. ¿Por qué no te sientas y te tomas una copa de vino? Yo bañaré a Connor y lavaré los platos.

Ella ladeó la cabeza y lo miró, sonriente y confusa.

—¿Cuál es el motivo?

Griffin desató a Connor y lo levantó de la sillita. El pequeño le echó los brazos al cuello y el hielo que le oprimía las entrañas empezó a derretirse.

—Ninguno. Solo es un favor.

—¿La clase de favor que un amigo le hace a otro?

—¿Eso es lo que somos? ¿Amigos?

—¿Qué otra cosa si no?

Griffin no respondió. Él tampoco sabía la respuesta. Lo único que sabía con seguridad era que Nicole no era solamente su amiga. Era más que eso. Cuánto más… no quería pensarlo.

—Una pregunta interesante, ¿verdad? —dijo, tocándole la mejilla.

Y se marchó con Connor en brazos, dejando a Nicole tan silenciosa y pensativa como él.

Connor arrasaba el castillo de arena con la ferocidad de un vikingo, y Griffin no podía contener la risa viendo al pequeño aporrear la arena mojada con sus diminutos puños. Se giró para ver si Nicole también miraba, y cuando sus miradas se encontraron, desde lejos, sintió un mazado que lo dejó aturdido. No lo entendía. A esas alturas ya debería haber perdido el interés por ella. Ninguna mujer seguía gustándole después de haberla seducido.

Seguía esperando que se enfriara lo que había entre ellos, pero cada vez era más fuerte e intenso. No dejaba de pensar en ella. Por las noches se dormía oyendo su suave respiración y por las mañanas se despertaba abrazándola, aspirando la fragancia de su champú de melocotón. Nicole se había convertido en una parte de su vida cotidiana, una parte muy importante, y él no sabía qué hacer.

–¡Más, Griffin!

La voz de Connor lo hizo girarse de nuevo hacia el niño, quien lo miraba con una adoración absoluta desde el suelo. Griffin sintió otra clase se emoción completamente distinta. Nicole lo fascinaba a muchos niveles, pero Connor le había robado el corazón. Era otro tipo de riesgo, pero igualmente peligroso.

–Muy bien, campeón –empezó a reunir arena para levantar una torre, ayudado por un entusiasmado Connor.

Se sorprendió al recibir una llamada en el móvil. Cuando estaba trabajando el teléfono no paraba de sonar. Pero desde que comenzara sus vacaciones había vivido en una especie de burbuja.

Sacó el aparato del bolsillo y sonrió al ver la pantalla.

–Hola, Garrett, ¿qué tal la vida por palacio?

–Ya sabes cómo es –dijo su hermano gemelo, riendo–. Otro día llevando una corona.

Griffin también se rio.

–Debe de ser muy duro… ¿Los aldeanos han empezado a asaltar el castillo con antorchas?

–No, aún no. Pero mi cuñado, el príncipe, me humilló ayer en una carrera a caballo. ¿Eso cuenta?

–Casi –el viento de la tarde le agitaba los cabellos y la camiseta a Griffin. El reflujo del mar dejaba una amplia franja de arena mojada, un par de surfistas cabalgaban las olas y las familias empezaban a recoger los bártulos para volver a casa.

En la playa, Nicole estaba sentada en una silla plegable con un libro que no leía. Y en la orilla, un niño pequeño destruía otro castillo de arena.

–¡Más!

Sonriendo, Griffin sostuvo el móvil con una mano y con la otra hizo otra torre condenada de antemano.

–¿Eso que he oído es un crío? –preguntó Garrett–. ¿Dónde estás?

–Sí, es un crío –frunció el ceño–. Estoy en la playa, y está llena de críos.

–Tú odias la playa.

Griffin sacudió la cabeza.

–No odio la playa. Odio las multitudes –miró hacia ambos lados de la playa. El sol empezaba a ponerse y casi todo el mundo se había marchado. En poco rato solo quedarían los surfistas más duros y un puñado de jóvenes en torno a una hoguera. La brisa era fresca y algunas nubes flotaban en el crepúsculo.

Nicole se levantó y se dirigió hacia ellos, caminando lenta y sensualmente. Griffin respiró hondo e intentó concentrarse en la voz de su hermano, quien le estaba gritando al oído.

—¿Quién es el crío?

—El hijo de Nicole Baxter —el pequeño lo miró sonriente al oír el nombre de su madre.

—¿La amiga de Katie? ¿Te has vuelto loco?

—No me he vuelto loco. Sé lo que hago.

—Claro, y por eso estás infringiendo una de tus reglas sagradas.

Su hermano siempre lo había conocido mejor que nadie, pensó Griffin con disgusto. Imposible ocultarle su relación con Nicole. Ya eran dos los King que lo habían descubierto: Lucas y Garrett. Si se enteraba alguien más podría despedirse de sus galletas para siempre.

—Esto es distinto —o al menos eso intentaba creerse. Intimar con una madre suponía un riesgo doble, y él lo sabía demasiado bien. Al término de la relación no solo perdía a la mujer, sino también al niño con el que había establecido un vínculo inevitable. Ya lo había vivido una vez, años atrás, y el dolor lo había acompañado durante mucho tiempo.

—No me lo puedo creer.

—No tengo planes de casarme ni nada por el estilo, Garrett. No te pongas histérico.

—Yo nunca me pongo histérico.

—Pues deja de gritarme. Me vas a romper los tímpanos.

Garrett suspiró.

—Espero que de verdad sepas lo que haces.

—Siempre —le aseguró Griffin, aunque a medida que Nicole se acercaba iban creciendo sus dudas.

Garrett cambio bruscamente de tema.

–Te llamo porque hay un tipo aquí, en Cadria, que quiere contratar nuestros servicios para proteger su colección de gemas. Va a prestársela a un museo de Los Ángeles y no se fía de su sistema de seguridad.

–Buena elección.

–Eso mismo le he dicho yo. Le he mandado la información por fax a Janice. Tienes que elaborar el plan y preparar el presupuesto.

Griffin se pasó la mano por la cara y le asintió a Nicole cuando ella se agachó en la arena junto a su hijo. Con el pequeño en buenas manos, se levantó y se alejó unos pasos hacia el agua.

Tan solo unos días antes estaba impaciente por volver a trabajar. Pero algo había cambiado. Miró a la mujer y al niño arrodillados en la arena. La luz anaranjada del atardecer los bañaba como si fueran el motivo principal de un cuadro.

Frunció el ceño y se giró hacia la rutilante superficie del mar.

–¿Griff? ¿Estás ahí?

–Sí, estoy aquí. ¿Para cuándo necesita el presupuesto?

–Para dentro de un par de días. Cuando lo tengas, envíamelo por fax al palacio y yo me ocuparé de cerrar el trato.

–Al palacio –repitió Griffin, riendo–. ¿Te das cuenta de cómo suena eso? ¿No te resulta extraño vivir en un castillo?

–Muy extraño, hermano. Muy extraño. Pero Alex vive aquí, y yo vivo con Alex.

–Lógico.

–¿Lógico? Esto sí que es inaudito. ¿No fuiste tú quien sugirió que Alex renunciara a su corona y se volviera a California conmigo?

Cierto. Griffin no había entendido por qué Garrett estaba tan dispuesto a renunciar a su vida y marcharse a Cadria. En su escala de valores no cabía la posibilidad de que una mujer le cambiara la vida hasta ese punto.

Pero en la actualidad veía las cosas de otro modo, aunque no quería pensar cuándo había empezado a darse cuenta… Sintió una dolorosa punzada en el pecho al mirar a Nicole y a Connor y apartó la vista rápidamente.

–Iré a la oficina a recoger los papeles y te enviaré el informe lo antes posible.

–Muy bien –Garrett guardó un breve silencio–. Griff, ¿hay algo de lo que quieras hablarme?

–¿Qué es esto, una conversación de chicas? –espetó Griffin–. No, no quiero hablar de nada. No hay nada de qué hablar.

–¿Ah, no? ¿Ni siquiera de Nicole y su hijo? ¿Qué tal si recordamos la última vez que tuviste una relación con una madre soltera?

–Mejor no.

–Para ti fue traumático perder a aquel chico. Incluso se escapó de casa para volver contigo.

–Lo recuerdo –no quería acordarse, pero jamás podría olvidarlo. Jamie tenía seis años y Griffin era su entrenador de béisbol.

Recordaba con toda claridad la tarde en que el

niño se presentó en su oficina llorando desconsola-
damente. Jamie había ido a buscarlo con la esperanza de que volvieran a estar todos juntos, como
una familia. Pero eso era imposible. Griffin devolvió a Jamie a su madre y se alejó para siempre, ju-
rándose que nunca más volvería a estar con una
mujer que tuviera hijos.

Y había mantenido su promesa… hasta ese momento.

—Esto es distinto —insistió, aunque no sabía a
quién intentaba convencer, si a él mismo o a Garrett—. Lo siento por el crío, porque no tiene padre
—dijo en voz baja—. Pero lo mío con Nicole no es
nada serio y no voy a cometer el mismo error, así
que deja de preocuparte.

—Si tú lo dices…

—Tengo que irme —Garrett era demasiado listo y
podía intuir cosas que Griffin prefería ignorar. Griffin no quería soportar más preguntas—. Te llamaré
en un par de días.

—Muy bien. Hasta entonces.

Se guardó el móvil en el bolsillo y permaneció
contemplando el horizonte. El cielo se cubría de
matices rosados y carmesíes que se reflejaban en el
mar. La marea comenzaba a subir y las olas le moja-
ban los pies descalzos.

El día había acabado.

Empezaba la noche con Nicole.

Capítulo Ocho

—No entiendes cómo va esto —dijo Griffin horas después de haber vuelto de la playa, y Nicole percibió su tono paternalista y altanero.

—Tienes razón —afirmó, abriendo los ojos como platos y pestañeando un par de veces para parecer una tonta—. Nunca he tenido que pagar facturas ni preparar un presupuesto. ¿Hace falta saber muchas matemáticas?

Pasaron unos segundos antes de que Griffin respondiera.

—Muy graciosa. Está bien, ya lo pillo. Eres contable y entiendes de matemáticas.

Griffin tal vez creyera que ella no había oído la conversación que tuvo con su hermano en la playa. Pero le había oído decirle a Garrett que lo sentía por Connor y que lo suyo con Nicole no era nada serio. Muy bien. Así lo había entendido y aceptado ella desde un principio, pero ¿por qué lo sentía por Connor? Su hijo no necesitaba la caridad ni la atención de un hombre adulto.

O quizá sí… Rafe y Katie pasaban mucho tiempo con ellos y Connor quería mucho a Rafe, pero el cambio que había experimentado en las últimas dos semanas bajo las atenciones de Griffin era espectacular. Nicole intentaba serlo todo para su pequeño, pero nunca podría ocupar el lugar de un padre.

—Sí, entiendo de matemáticas —espetó, irritada y frustrada—. Pero si te hace sentir mejor, te diré que solo entiendo las cifras pequeñas.

Griffin se llevó una mano al pecho e hizo una reverencia.

—Mis disculpas. Y ahora, ¿vas a seguir castigándome o piensas ayudarme con esto?

Nicole tragó saliva e intentó sofocar su enojo. Griffin no sabía que lo había oído en la playa, y ella no quería abrir la caja de los truenos. Al menos, no de momento.

—Eso depende. ¿Vas a seguir hablándome con el mismo tono que empleas para leerle cuentos a Connor?

—Lo siento, no pretendía ofenderte —dijo él, sentándose junto a ella en la mesa de la cocina.

—Me alegra saberlo —respondió Nicole, y buscó la mirada de aquellos ojos azules que tanto habían llegado a significar para ella.

Era una idiota. Se había lanzado de cabeza a una relación que no tenía futuro, aun sabiendo cuál sería el traumático final.

La luz del techo se derramaba sobre los papeles esparcidos en la mesa de roble. Connor estaba durmiendo y la casa estaba en calma. Normalmente ella y Griffin estarían haciendo algo más divertido que trabajar, pero al verlo absorto en un montón de cifras y apuntes le había ofrecido su ayuda. Él la había rechazado, y ella se había empeñado en demostrarle que era más de lo que él creía.

—¿Necesitas un presupuesto para la seguridad de un museo que albergará una muestra de gemas?

—Sí.

Nicole hojeó rápidamente los papeles que tenía delante.

—Y Garrett te ha mandado la información relativa a la colección y sus sugerencias para la seguridad.

—Eso es. Garrett tiene siempre muchas sugerencias —dijo Griffin con una mueca, recostándose en la silla—. Normalmente es él quien se ocupa de estas cosas, mientras que yo me encargo de llevar el plan a la práctica —volvió a inclinarse hacia delante y apoyó los brazos en la mesa—. Creo que lo ha hecho a propósito... Sabe que odio esta clase de trabajo.

—A mí me encanta —le aseguró Nicole—. Los números no mienten ni cambian. Puedes confiar en ellos y estar segura de que son lo que parecen.

—Sí, maravilloso.

Nicole se rio y agarró la primera hoja.

—Garrett se equivoca.

—¿Garrett equivocarse? —sonrió y se inclinó más sobre la mesa—. Esto sí que es interesante... ¿Qué ves?

Era su ocasión para demostrarle de lo que era capaz.

—¿Tu hermano y tú competís por todo?

—Por todo.

—Estupendo... Porque esto te va a encantar.

—Ilústrame.

Nicole señaló con el bolígrafo una línea en las notas de Garrett.

–Tu hermano sugiere emplear cuatro hombres para custodiar la colección de zafiros.

–¿Y?

–Los zafiros son preciosos pero no son, digamos, la joya de la colección.

Griffin frunció el ceño, como si la estuviera viendo a una luz completamente nueva.

–¿Cuál es?

–Este broche –reprimió los nervios y señaló la foto de un broche hecho con piedras pequeñas engastadas en un colorido diseño que rodeaba la pieza central, semejante a un ramo de azucenas–. Es viejo y feo, pero fue un regalo de María Antonieta al antepasado del dueño de la colección.

–Pero los zafiros son…

–Muy bonitos, sí –lo interrumpió ella–, y se pueden vender fácilmente en el mercado negro. Pero el broche de María Antonieta sería la envidia de cualquier coleccionista.

–Tiene sentido –murmuró Griffin–. Yo habría acabado dándome cuenta, naturalmente…

–Naturalmente.

–Garrett me va a oír por haber descuidado este detalle. ¿Qué más?

Complacida por el brillo de aprobación que ardía en sus ojos, Nicole agarró otra hoja y empezó a hacer una lista.

–Los rubíes deberían estar cerca de los zafiros para que se complementen sus composiciones.

–Lógico.

–Dos hombres en cada vitrina. Cuatro hombres vigilando el broche. Y luego está la sala de los diamantes –se detuvo para contemplar las fotos–. Diademas, brazaletes, un collar de treinta y cinco quilates… –se llevó una mano al pecho con un profundo suspiro–. Disculpa, pero creo que me he enamorado.

Griffin se echó a reír.

–Nunca habría imaginado que te gustasen las joyas –le agarró la mano izquierda–. No llevas ninguna, salvo esos pequeños pendientes.

La única joya que había llevado en su vida era su anillo de bodas. Al pensar en ello, recordó al hombre que la había abandonado sin pensárselo dos veces. Un mujeriego… Igual que Griffin.

–No frecuento lugares donde sean necesarias. Pero eso no significa que no me gusten.

–Deberían envolverte con diamantes –susurró él, mirándola con deseo.

–No quiero diamantes –pero… cuánto le gustaría tener al hombre que en aquellos momentos se la comía con los ojos.

–Quizá por eso yo quiero que los tengas.

–Siempre llevándome la contraria, ¿no?

–Es parte de mi encanto –repuso él con una media sonrisa.

–¿De tu encanto? –preguntó ella con sorna.

–Admítelo. Te tengo justo donde quiero.

Y tanto que sí, pensó Nicole. Era increíble cómo había llegado hasta allí. Lo había empezado todo por diversión, pero la diversión se había transformado en algo más.

Se estaba enamorando.

Algo que se había jurado que nunca, nunca, volvería a ocurrirle.

El corazón le latió con tanta fuerza que se sorprendió de que Griffin no lo oyera. Un nudo en la garganta amenazaba con obstruir el paso de aire, y mil pensamientos, a cada cual más inquietante, se le arremolinaban en la cabeza. Lo peor de todo era que había sido idea suya. Había caído en su propia trampa.

—Eh —la llamó Griffin, poniéndole una mano en el brazo—. ¿Estás bien? Te has puesto pálida.

—Estoy bien —mintió. Nunca había estado peor—. Es solo que... No sé.

—Seguramente te hayas mareado con todos estos números —bromeó él—. A mí siempre me sucede.

Se obligó a sonreír. Las emociones se le revolvían agónicamente en el estómago y una terrible angustia le oprimía el corazón. Pero sabía que aquel sufrimiento era solo el principio.

—Al contrario —le dijo con la voz más serena que pudo—. A mí los números siempre me relajan. Vamos acabar esto, ¿de acuerdo?

Él frunció el ceño y la miró con ojos entornados.

—De acuerdo. No estoy tan loco como para rechazar la ayuda que se me ofrece, pero...

Nicole lo cortó. Si se mostraba amable, tierno o romántico con ella en esos momentos sería su fin. Le confesaría lo que sentía por él, le diría aquella palabra prohibida que empezaba por A, ¿y adónde conduciría eso? Al desastre.

Ella ya sabía lo que sentía él. Lo había oído hablando con Garrett. Griffin lo veía como una simple aventura pasajera. Y lo sentía por Connor.

A Nicole le dolió tanto pensar en su hijo que se preguntó si no debería romper ya con Griffin. Por desgracia, no tenía adónde ir. Su casa no estaba terminada y no podía permitirse un hotel.

Sacudió la cabeza y volvió a concentrarse en los papeles.

—Lo primero es saber cuántos hombres necesitarás para el trabajo.

—También debemos tener en cuenta el sistema de alarma por láser, las cámaras y el equipo informático —estaba diciendo Griffin en tono frío y profesional, como si hubiera aceptado que ella no quería hablar de otra cosa—. Colaboraremos con la seguridad del museo, pero quiero reforzar las medidas con el material de mi empresa.

El móvil de Griffin empezó a sonar. Él miró la pantalla, torció visiblemente el gesto y con un gesto le pidió a Nicole que guardara silencio.

—Hola, Brittany.

Brittany… La voz de Griffin bajó a un susurro íntimo que Nicole conocía muy bien.

—Me alegro de oírte —estaba diciendo Griffin mientras caminaba por la cocina—. Sí, quería llamarte, pero he estado muy ocupado últimamente. Ahora mismo estoy con mi contable —dijo Griffin—. No es un buen momento para…

¿Su contable? No era más que eso. Una profesional anónima que lo ayudaba con los números.

Se sentía más humillada por momentos. Todas sus fantasías románticas estallaron como pompas de jabón. El dolor le desgarró las entrañas y tuvo que hacer un esfuerzo sobrehumano para contener las lágrimas. Aquella escena le demostraba que había cometido el segundo mayor error de su vida. Se había enamorado de un hombre idéntico a su ex.

–Lo siento –se disculpó Griffin, sentándose de nuevo a su lado–. Brittany es una vieja amiga y…

–No tienes que darme explicaciones, Griffin. Solo soy tu contable –no pudo contener una mueca de desagrado.

Griffin le agarró la barbilla y la hizo girarse hacia él.

–No pretendía…

Ella se apartó con brusquedad. Le costó horrores renunciar al tacto de sus mano.

–No importa, en serio. Vamos a acabar el informe.

–Está bien –aceptó él, mirándola con cautela–. Como quieras.

Nicole clavó la mirada en los números y empujó el resto de pensamientos al fondo de su mente. Estaba casi segura de que ya se había acabado.

Al día siguiente por la tarde sonó el teléfono de la cocina y Nicole corrió a responder. Connor estaba en el jardín y ella no quería dejarlo solo mucho tiempo.

–¿Diga?

Hubo un largo silencio antes de que hablara una voz familiar.

–¿Nicole?

–¡Katie! ¿Qué tal? ¿Cómo van esas vacaciones?

–Increíbles –respondió su amiga con entusiasmo–. Me encanta Europa. Nos pasamos por Irlanda para ver a Jefferson y a Maura y luego estuvimos unos días en Edimburgo para visitar a Damian y ver su nuevo club.

Nicole sintió envidia por todas las cosas que su amiga estaba viendo y experimentando. Se prometió que algún día también ella saldría a explorar el mundo.

–Suena divertido.

Katie se rio.

–Después pasamos unos días en Londres y… Dios mío, Nicole, es absolutamente…

–Ya me hago una idea.

–Mejor, porque no tengo palabras para describirla. Después fuimos a Suiza y ahora estamos en Italia. Creo que me he enamorado de este lugar. Tan solo por la comida ya merece la pena. Pero por muy maravilloso que sea todo estoy impaciente por volver a casa, ¿no te parece extraño?

–No –dijo Nicole, acercándose a la ventana para vigilar a Connor. Entendía muy bien lo que sentía Katie.

Su aventura con Griffin había sido maravillosa. Sin embargo, y por mucho que odiara reconocerlo, sabía que volver a casa iba a ser lo mejor. Tenía que dejar atrás a Griffin y el tiempo idílico que había pasado a su lado y regresar a la normalidad, aunque ya nada sería igual que antes. Después de lo que había vivido con Griffin, su casa se le antojaría más vacía y solitaria que nunca.

Katie debió de oír su suspiro.

—¿Nicole? ¿Te ocurre algo?

—No —respondió ella rápidamente. Demasiado rápido.

—No te creo.

—¿Por qué no?

—Para empezar, estás en mi casa en vez de estar en la tuya. ¿Qué ha sucedido? ¿Griffin te ha hecho algo? ¿Voy a tener que matarlo?

Nicole volvió a mirar por la ventana. Connor cavaba alegremente en los parterres. Pasara lo que pasara, seguiría teniendo a su hijo. Debía aferrarse a aquel consuelo.

—No, no tienes que matar a Griffin.

—Oh, Dios… Te has acostado con él, ¿verdad?

Nicole meneó la cabeza y se apartó el teléfono de la oreja para mirarlo con estupor. Su amiga debía de tener visión de rayos X o algo así.

—¿Cómo lo sabes?

—Fácil. Conozco a los King. Le dije que se mantuviera alejado de ti. Maldita sea, ¡les prohibí a todos que se acercaran a ti!

—Sí, eso me dijo Griffin. Gracias, por cierto. ¿Qué edad tengo? ¿Doce años?

—No, pero eres muy vulnerable y todos ellos son tan…

–No fue él quien lo empezó, Katie –le confesó Nicole con un suspiro–. Fui yo la que fue tras él.

–¿Qué? –exclamó su amiga–. Pero…

–Ocurrió algo en mi casa y no podía quedarme allí, de modo que…

–¿Qué ocurrió?

–Griffin le prendió fuego accidentalmente a mi cocina. No tenía ningún sitio donde quedarme, de modo que Griffin nos ofreció alojamiento aquí mientras Lucas se hacía cargo de las reformas y… –las palabras le salían atropelladamente.

–¿Fuego, has dicho?

–Un pequeño incendio, nada más. El caso es que las obras casi han acabado y dentro de poco volveré a casa.

–¿Y qué pasa contigo y Griffin? ¿Vas a alejarte de él, sin más?

–Sí.

–Tú no eres así, Nicole. Así es Griffin. Un alérgico al compromiso en toda regla. Lo digo en serio. Rafe fue un desafío, pero Griffin es del todo imposible. Para él la soltería es como una religión.

–Lo sé –se apoyó en la encimera y con la mano libre sacudió las migas que habían quedado del almuerzo de Connor–. No estoy buscando un marido, ¿recuerdas? Y si buscara uno, no me fijaría en Griffin precisamente.

¿Cómo podía estar soltando aquel atajo de mentiras?

–Oh, cariño… –se lamentó Katie–. Estás enamorada de él, ¿verdad?

La irritación se apoderó de ella.

—¿De dónde sacas esa conclusión?

—Así que no lo niegas…

Debería negarlo si no quería recibir la compasión que tanto detestaba. Pero Katie era su mejor amiga y ella no podía seguir ocultándole la verdad. Además, Katie se enteraría de todo en cuanto volviera a casa.

—Está bien. Es posible. Tal vez lo esté.

—Nicole…

—De acuerdo, lo admito. Estoy enamorada —las palabras le rechinaron en la boca–. ¿Desde cuándo te has vuelto una interrogadora profesional?

Katie soltó una débil risita.

—Ni siquiera sé qué decirte…

—Nada de compasión, ¿de acuerdo? No necesito que sientas lástima por mí. Soy una mujer adulta, sabía lo que hacía y estaré bien. De verdad. Siempre he salido adelante yo sola, y volveré a hacerlo.

—Pues claro que lo harás.

—Gracias.

—Pero de todos modos voy a decirle a Rafe que le dé una paliza a Griffin.

Nicole se rio.

—No, de eso nada. No vas a decirle nada a Rafe ni a nadie. Vas a fingir que no sabes nada de esto.

—¿Y por qué?

—Porque te lo estoy pidiendo.

—No sé, Nicole… Creo que debería contárselo a Rafe.

—No, Katie —no quería que nadie más lo supiera,

si podía evitarlo—. Esto es algo entre Griffin y yo, y de todos modos ya casi ha acabado.

Katie masculló una palabrota.

—Griffin no va a probar otra galleta mía en lo que le queda de vida.

En el exterior, Connor se levantó y corrió hacia la verja que separaba los dos jardines. Nicole estiró el cuello para cerciorarse de que la puerta estaba cerrada, pero no era así. Griffin debía de haberla dejado abierta.

Connor iba directo a una zona en obras.

—Tengo que colgar, Katie. Connor está corriendo hacia nuestra casa, y está llena de obreros.

—¡Vete, rápido! ¡Te veré dentro de poco!

Nicole colgó y salió corriendo tras su hijo. Lo alcanzó cuando estaba a punto de llegar a la casa y lo levantó en brazos. Connor rio y chilló cuando lo lanzó por los aires, antes de apoyárselo en la cadera. Aquel era su sitio, seguro y protegido por su madre. Pasara lo que pasara, los dos juntos saldrían adelante.

—Con que intentando escapar, ¿eh? —le hizo cosquillas y el pequeño se retorció de gozo—. ¡No puedes venir a casa sin mí!

—¡Casa!

Ella siguió la dirección de su mirada. Su casa. El lugar al que ambos pertenecían. Como debía ser. Tal vez fuera el momento de seguir adelante, olvidarse de las fantasías y volver a la normalidad.

Sin pensarlo, echó a andar hacia la casa. Hacía mucho que no visitaba las obras, y podía aprovechar para advertirle a Griffin de que Katie había descubierto su aventura... y que lo había dejado sin galletas para siempre.

Subió rápidamente los escalones, abrió la puerta mosquitera y se adentró en un mundo nuevo y extraño.

Griffin y Lucas estaban discutiendo sobre algo relativo a la encimera, de espaldas a Nicole, por lo que no la vieron entrar. Y ella se quedó de piedra al ver la transformación que había experimentado la vieja cocina de su abuela.

Paredes verdes, armarios de roble, suelo de baldosas, encimera de granito, una cocina de gas con seis fuegos, un flamante frigorífico de puertas dobles...

Aquella no era la cocina que había encargado.

Era la cocina de sus sueños.

La que no podía permitirse.

—¡Griff! —gritó Connor. Los dos hombres se giraron y miraron a Nicole con expresión avergonzada.

A Nicole le costó articular palabra.

—¿Qué demonios has hecho?

Capítulo Nueve

—Nos han pillado —murmuró Lucas.

—No puedo creerlo —dijo Nicole. Dejó a Connor en el suelo y miró furiosa a Griffin—. ¿Cómo has podido…? ¿Por qué…? —se giró en círculo, antes de detenerse y volver a fulminarlo con la mirada—. No tenías derecho.

Griffin apretó los dientes y encaró a la enfurecida mujer que tenía delante. Sabía que aquel momento tenía que llegar, pero no se esperaba que fuera tan pronto. Lucas y su equipo aún tenían que acabar algunas cosas y Griffin pensaba que aún tenía un par de días antes del inevitable enfrentamiento. Pero ya se había producido.

—Es la cocina de tus sueños, Nicole.

—Sí que lo es… Y la habría tenido algún día.

—Pues ya la tienes. ¿Qué diferencia hay?

—¿Me lo preguntas en serio? La diferencia es que la habría tenido cuando pudiera pagarla. ¡Ahora no puedo permitírmela!

—Ya está todo pagado —dijo Lucas, ganándose la mirada fulminante de Nicole.

—¿Quién la ha pagado? —apuntó con el dedo a Griffin—. ¿Él? ¿Dónde está tu ética profesional, Lucas?

–¿Ética profesional? –Lucas se puso rígido y le lanzó una mirada fugaz a Griffin–. Creo que hemos hecho un buen trabajo.

–Un trabajo que yo no había encargado –le recordó ella–. No he autorizado nada de esto. ¡Podría demandarte!

Lucas volvió a mirar a Griffin.

–Tranquilo –le dijo él–. No va a demandar a King Construction.

–¿Ah, no? –se cruzó de brazos y zapateó frenéticamente las relucientes baldosas–. ¿Tan bien crees que me conoces?

–Sí, Nicole –se arriesgó a dar un paso hacia ella–. Creo que te conozco muy bien. Ahora estás furiosa, pero cuando lo hayas pensado con calma te darás cuenta de que he hecho lo correcto.

–Lo dudo mucho.

–Por si sirve de algo –intervino Lucas–, Griffin quería que fuera una sorpresa para ti. Ha pagado todas las facturas que el seguro no cubría.

–Cállate –masculló Griffin sin mirar a su primo.

–¿Eso ha hecho? –Nicole miró brevemente a Lucas, pero bastó para hacerlo retroceder un paso–. Con que una sorpresa, ¿eh? Las flores son una sorpresa. Una caja de bombones es una sorpresa. Un osito de peluche es una sorpresa. ¡Pero no una cocina!

–Tendrás que admitir que te has llevado una gran sorpresa –dijo Griffin en tono desenfadado.

–Y tú pensabas que me gustaría.

–Claro que te gusta –insistió él–. Es más, te encanta. Lo que pasa es que eres demasiado testaruda para admitir que te alegra que yo me haya ocupado de todo.

Ella lo miró con ojos como platos.

—Eres increíble… ¿Qué te hizo pensar que yo quería esto? ¡Te dije que no necesitaba tu ayuda!

Griffin empezaba a estar harto de aquella acusación.

—Sí, me lo dijiste, pero necesitas mi ayuda lo quieras admitir o no.

—La última vez que me ayudaste hubo un incendio.

Griffin puso una mueca, pero no dio su brazo a torcer.

Nicole se volvió hacia Lucas.

—Quiero que lo desmontes todo.

Lucas se puso pálido.

—¿Pero qué tonterías estás diciendo? —explotó Griffin—. No va a destruir una cocina que acaba de construir. Mira a tu alrededor, Nicole. Es la cocina que me habías descrito. Las baldosas, el color de las paredes, el maldito granito que el marmolista se pasó dos semanas buscando.

—Yo no te he pedido nada de esto, Griffin. Lo que te conté era un sueño. Una simple fantasía.

—Ahora es algo real.

Griffin no se esperaba aquella reacción. Sabía que iba a enfadarse, pero pensaba que al ver la cocina de sus sueños le haría ilusión y le agradecería los esfuerzos que había hecho por ella.

—No tenías derecho a hacerlo, Griffin —lo acusó

en voz más baja y débil. Parecía que se le estaba pasando el enfado, pero sus ojos seguían ardiendo de furia.

—Bueno, pues ya está hecho —no sabía por qué era tan importante para él, pero le hacía ilusión que Nicole tuviera su cocina y se acordara de él cada vez que entrase en ella.

Frunció el ceño al pensarlo.

—¿Por qué no echas un vistazo a tu alrededor?

—Esto… —murmuró Lucas, recogiendo sus cosas de la encimera—. Yo me voy. Vosotros dos arreglad el problema y decidme quién sale vencedor.

Nicole le lanzó una mirada que habría hecho encogerse de temor a cualquiera, pero Lucas estaba acostumbrado a tratar con mujeres furiosas. Le dedicó una sonrisa y salió de la cocina tan silenciosamente como un fantasma.

Maldito cobarde, pensó Griffin. ¿Dónde quedaba la lealtad familiar?

Bueno, pues que se fuera. Él se bastaba para manejar a Nicole. Llevaba haciéndolo tres semanas. Conocía a la perfección su cuerpo, su mente y sus emociones. Y sabía muy bien que por muy airadas que fueran sus protestas, anhelaba aquella cocina.

—Vamos, Nicole. Echa un vistazo —la animó. La luz del atardecer bañaba la cocina con un resplandor dorado.

Griffin pasó una mano por el granito y Nicole siguió el movimiento con la mirada.

—Es exactamente como me la habías descrito.

Ella tragó saliva y levantó a Connor en brazos.

–Sí, lo es. Y es mucho más bonita de lo que había imaginado.

–Seis fuegos. Y todos funcionan.

Un atisbo de sonrisa asomó a los labios de Nicole, pero desapareció rápidamente.

–Eso no cambia nada, Griffin...

–Con el frigorífico tuve que arriesgarme, ya que no me especificaste un modelo concreto –abrió las puertas para mostrarle el interior. La bandeja superior estaba llena de los zumos favoritos de Connor, y en el estante de los vinos había una botella de champán.

Observó la expresión de Nicole. Estaba muy enfadada, pero también maravillada con su cocina nueva. Paseó lentamente la mirada por el suelo de baldosas, las paredes recién pintadas y la tetera con forma de gallo que Griffin había abrillantado. Y una emoción inesperada se apoderó repentinamente de él.

Todo había empezado como una manera de compensarla por los daños causados. Luego se había convertido en un modo de complacerla, de darle algo que no se esperaba. Pero era más que eso. Quería que Nicole tuviera su cocina porque sabía lo importante que era para ella. Al ver su expresión mientras le describía la cocina de sus sueños supo que aquel sueño significaba más para Nicole de lo que ella misma sabía.

Y él había querido hacerlo realidad para que ella nunca lo olvidara. Quería dejar su huella en aquella casa y en la vida de Nicole. Quería que lo recordara siempre, porque él sabía que jamás podría olvidarla.

—Es muy bonita, Griffin —dijo ella con un suspiro—. Pero esa no es la cuestión.

—¿Y cuál es la cuestión, Nicole? —le preguntó. La irritación se apoderó de él, pero bajó la voz para no asustar a Connor—. Me gustaría saberlo, porque tal y como yo lo veo, me estás arrojando a la cara lo que he hecho por ti.

Ella meneó la cabeza y volvió a mirar a su alrededor.

—¿Es que no lo entiendes? —hizo un gesto para acabar la cocina—. Es como si me estuvieras pagando por acostarme contigo.

—¿Qué? —exclamó él, perplejo y ofendido.

—Es un premio a lo grande —continuó ella—. Normalmente los hombres regalan pulseras, collares…

Griffin se sintió invadido por una mezcla de culpa y vergüenza. Eso era exactamente lo que hacía cuando rompía con una mujer al culminar una aventura. Normalmente ni siquiera se molestaba en elegir él mismo el regalo. En su lugar mandaba a Janice, su secretaria, a la joyería. ¿Se habrían sentido sus otras amantes como Nicole? Imposible saberlo.

Pero eso ya no importaba.

—Eso que dices es ridículo. Y terriblemente ofensivo. Yo no pago por sexo.

—Claro, no te hace falta. Las mujeres hacen cola para conseguir una sonrisa tuya, ¿verdad?

Griffin cada vez se sentía más incómodo con el giro que había tomado la conversación.

—¿De qué demonios estás hablando?

—Lo siento si no te parezco lo suficientemente agradecida —dijo mientras se aupaba a Connor en la cadera. El pequeño no parecía muy contento, y Griffin sabía cómo debía de sentirse.

Sin pensarlo, le arrebató a Connor y se lo apretó contra el pecho. Connor apoyó la cabeza en su hombro y suspiró.

—¿Pelota?

—Enseguida, campeón —le prometió Griffin, dándole unos golpecitos en la espalda.

—Quiero jugar, Griff —el pequeño le sonrió y Griffin sintió una oleada de calor en el pecho.

—Enseguida —repitió, antes de volverse hacia Nicole—. ¿Qué tal si dejamos la discusión? Yo solo quería hacer algo por ti.

—Yo no quería que…

—Al contrario de lo que puedas pensar, no necesito tu permiso para hacer lo que quiero.

—Se trata de mi cocina. Claro que necesitabas permiso.

—Parece que no —repuso él. Era mejor responder con tranquilidad a sus virulentos ataques.

—Tu primo…

—Él no tiene la culpa de nada. Yo le dije que lo hiciera.

—Sé muy bien quién es el responsable, descuida.

—Estupendo, vamos a zanjar esto de una vez por todas —se acercó a ella, que permaneció impertérrita—. Yo le prendí fuego a la cocina. Es mi responsabilidad reparar el daño.

–De una manera que yo pueda pagar.

–¿Por qué no puedes aceptarlo?

–Porque yo sé cuidar de mí misma, Griffin.

–Eso nadie lo pone en duda. Eres la persona más autosuficiente que conozco. Eres lista, ingeniosa, competente y…

–¿Tu contable?

Griffin respiró profundamente. La llamada de Brittany seguía pasándole factura. No había querido ofender a Nicole; simplemente no quería hablar con Brittany más de lo estrictamente necesario. Pero entonces recordó que a Brittany le había regalado un collar de diamantes…

–Para mí eres mucho más que eso.

–¿En serio? ¿Qué es lo que soy?

Otra vez aquella pregunta para la que seguía sin tener respuesta. Lo único que sabía era que Nicole lo afectaba de un modo que jamás hubiera creído posible. Y no se sentía nada cómodo al reconocerlo.

–¿Tan difícil es aceptar que para mí era importante hacer esto? –le preguntó en vez de responder.

La confusión se reflejó en sus ojos, pero al menos ya no ardían de furia.

–Sí –respondió en voz baja–. Supongo que sí. ¿Por qué, Griffin? ¿Por qué es importante para ti?

Él se pasó una mano por el pelo, miró al pequeño que tenía en brazos y desvió la mirada hacia la madre del niño. Una sensación extraña se propagó por su interior. No eran las llamas de lujuria desatada que llevaban consumiéndolo durante días. Era una ola de calor que alcanzaba lo más recóndito de su ser. Y todo por mirarla a los ojos, simplemente. Pero no podía seguir por ese camino. El riesgo era demasiado grande si bajaba la guardia.

–¿Eso importa? –preguntó para evitar responder.

Decepcionada, Nicole volvió a mirar alrededor y se frotó vigorosamente los brazos.

–No deberías haberlo hecho.

Tal vez no, pero no se arrepentía.

–Lo hecho hecho está.

–Y ahora tendré que pagarlo.

–Maldita sea, Nicole…

–No. Es la única manera. No sé cómo, pero lo pagaré. Supongo que podré hacerlo en veinte o treinta años.

Él dejó escapar un profundo suspiro.

–Muy bien. ¿Quieres pagarme la cocina? Trabaja para mi empresa.

Nicole lo miró boquiabierta.

–¿Cómo? ¿Ahora quieres contratarme?

El trabajo era lo único que Nicole entendía.

–¿Se te ocurre otra solución?

–No –respondió, desafiante–. Está bien. Trabajaré para ti, pero te pagaré el deducible además de la cocina.

–Maldita sea, Nicole –alargó una mano y le agarró la barbilla–. Eso sí que no voy a consentirlo. Yo provoqué el incendio y pagaré el deducible. Asúmelo.

Sus miradas se sostuvieron unos segundos llenos de tensión, hasta que finalmente ella asintió.

–De acuerdo. Puedes pagar el deducible, pero te devolveré hasta el último centavo que no cubra el seguro.

–Trato hecho. No estoy muy conforme, pero sea como tú dices.

Ella le agarró los dedos con los que le sujetaba la barbilla.

–Tiene que ser así, Griffin. No somos pareja. No me debes nada. Tenemos que tratarnos de tú a tú.

De tú a tú… Griffin tenía muchísimo más dinero que ella, pero no podía refutar su lógica. No eran una pareja y nunca lo serían. Lo suyo solo era algo temporal, por más que le costara reconocerlo.

–De tú a tú –aceptó.

Nicole tenía los nervios a flor de piel y la invadía una mezcla de ira, excitación y decepción. Griffin podía pintar la situación como él quisiera, pero la verdad era que había hecho lo que había querido sin pensar en ella. Era un arrogante insufrible con una vena generosa, como todos los King. Siempre actuaban por su cuenta, pasando por encima de las opiniones ajenas.

Griffin estaba acostumbrado a que las mujeres cayeran rendidas a sus pies, y lógicamente se sorprendía de la reacción que ella había tenido. También ella estaba sorprendida, tenía que admitirlo. Había reproducido la cocina soñada hasta el último detalle.

Nicole quería arrojarse en sus brazos, pero antes

tenía que hacerle entender por qué estaba tan disgustada.

–Actuaste a mis espaldas, Griffin.

–Sí, es verdad.

–Mi ex también lo hacía –le acarició la mejilla a su hijo–. Se encargaba de tomar todas las decisiones él solo, porque pensaba que yo era incapaz de actuar por mí misma.

–Eso no es…

Ella levantó una mano para hacerlo callar.

–Fuera o no tu intención, es así como lo siento.

Él asintió lentamente, como si al fin comprendiera lo que ella pensaba y sentía.

–En ese caso… –se calló un momento y tomó aire–. Lo siento.

Nicole sonrió.

–Creo que es la primera vez que te oigo pedir disculpas.

Él también sonrió.

–No las pido muy a menudo.

–Gracias.

–De nada.

–Griff –dijo Connor, tocándole la cara–.Quiero un cuento.

Griffin miró fijamente a Nicole y arqueó una ceja.

–¿Volvemos? Podemos cenar, leerle un cuento a Connor y llevarlo a la cama.

–Cama no –gritó el niño.

–Quizá debería quedarme aquí con Connor esta noche –dijo Nicole.

–La cocina aún no está acabada del todo –observó Griffin–. Tienen que revisar el cableado y la instalación de gas, de modo que…

De modo que podía quedarse allí sin poder usar la cocina, o volver con Griffin y disfrutar de otra noche maravillosa.

–De acuerdo –dijo–. Volvamos.

–¿Has oído, campeón? –le preguntó Griffin a Connor–. Vamos a leer un cuento.

–Y no baño –dijo Connor, muy serio.

Griffin salió riendo por la puerta, mientras Nicole se detenía en el umbral para echarle un último vistazo a la cocina de sus sueños. Un suspiro involuntario se le escapó de la garganta. Era perfecta.

Siempre le recordaría al hombre al que había amado… y perdido.

Aquella noche hicieron el amor a luz de la luna. Griffin la miró a los ojos mientras la penetraba y sintió cómo se afianzaba el lazo invisible que los unía. La conexión era cada vez más intensa, y no estaba seguro de qué hacer al respecto.

Tal vez en aquella ocasión no bastara con romper el contacto, se dijo horas después, mientras reposaba junto a una Nicole que dormía plácida y satisfecha. Se estaba implicando más de la cuenta en una peligrosa relación personal con ella y con su hijo. Sabía que su recuerdo lo acompañaría para siempre, y eso no había sido parte de su plan.

Pero abandonarla era lo único que podía hacer.

Nunca más se arriesgaría a amar y perder a alguien. Si eso lo convertía en un cobarde, que así fuera. Ningún hombre en su sano juicio se prestaría a un sufrimiento garantizado,así que ¿por qué tenía que hacerlo él?

Tenía que marcharse. Y pronto, se convenció mientras Nicole se acurrucaba junto a él. La rodeó con un brazo y la apretó contra su costado.

—¡Mamá! —la voz de Connor rompió el silencio.

Griffin miró a Nicole. Seguía durmiendo profundamente, de manera que se levantó de la cama con cuidado de no despertarla y fue a la habitación de Connor. El pequeño abrazaba su cocodrilo pegado al pecho y miró a Griffin con ojos muy abiertos.

—Tengo miedo, Griff.

—¿De qué, campeón? —le preguntó en voz baja y tranquila mientras se sentaba a su lado.

—No sé —Connor se volvió a acostar, se frotó los ojos y agarró de nuevo el cocodrilo.

—No tengas miedo —le dijo Griffin, acariciándole el pelo—. Estoy aquí, ¿sí?

—Sí —el niño suspiró y le dedicó una sonrisa encantadora—. Eres un buen papá.

Se durmió y Griffin permaneció sentado en la cama, aturdido por lo que acababa de oír. ¿Un papá? No, de ninguna manera. No podía hacerle aquello a un crío inocente. No podía hacerle creer que siempre estaría a su lado para ahuyentar las pesadillas.

La situación se le había escapado de las manos.

Regresó a su dormitorio y se detuvo en la puerta. Nicole estaba incorporada en la cama, observándolo. Tenía el pelo alborotado y los labios hinchados por los besos y mordiscos. Su aspecto era increíblemente erótico y apetecible, pero Griffin se esforzó por controlar sus impulsos.

—¿Connor está bien? —le preguntó ella.

—Sí, ha vuelto a dormirse —se frotó la cara con las manos y se obligó a decirlo. Tenía que acabar de una vez por todas.

—He oído lo que te ha dicho —dijo ella, señalando el monitor de bebés.

Él respiró hondo y asintió.

—Bien. Así no tendré que dar explicaciones.

—Griffin…

—No es justo hacer pasar por esto a Connor —fue hacia el armario y sacó unos vaqueros y una camiseta. Al mirar a Nicole por encima del hombro tuvo que refrenarse para no desnudarse y volver a la cama con ella.

—Tienes razón —corroboró ella, cubriéndose los pechos con la sábana. Dejó caer las manos al regazo y le dedicó una sonrisa inmerecida—. No deberíamos haber llegado tan lejos, Griffin.

—No, no es eso… —era exactamente eso, pero no le gustaba oírselo decir a ella. Intentó leer su expresión, pero era imposible con la escasa luz que entraba por la ventana.

Quizá fuera mejor así, pensó. Si supiera cómo se sentía Nicole, sería muchísimo más difícil dejarla.

—Connor es un niño pequeño que quiere tener

un padre –continuó ella–. Contigo se lo pasa muy bien, y es natural que empiece a pensar en ti de esa manera.

A ella no parecía incomodarla tanto como a él.

–No pretendía…

–Lo sé, Griffin –levantó una mano para colocarse el pelo tras la oreja–. Igual que sé que no necesitas huir en mitad de la noche. No hay motivos para que te sientas culpable.

Griffin se detuvo y se dio cuenta de que Nicole tenía razón. Estaba intentando escapar. Y por mucho que quisiera negarlo, la única explicación era que estaba muerto de miedo. No quería hacerles más daño a Nicole y a Connor.

Ni tampoco a él.

–Relájate, Griffin –le dijo ella con voz amable–. No voy a ponerme a chillar y a llorar, ni te voy a suplicar que no te vayas.

«¿Y por qué no, maldita sea?».

–Lo hemos pasado bien y ya se ha acabado, ¿verdad?

Él se frotó el pecho con fuerza, pero no pudo aliviar el dolor.

–Vete a dormir, Griffin –lo animó ella–. Mañana hablaremos de todo.

Capítulo Diez

Por la mañana se había marchado.

Nicole encontró la nota sobre la almohada y la manta que Griffin había dejado en el sofá donde había dormido. Era breve, concisa y casi impersonal.

Voy a la oficina. Volveré esta noche. Si necesitas algo, llámame.

–¿Si necesito algo? –susurró, antes de aplastar la nota en la mano. Tuvo que morderse el labio para reprimir las ganas de llorar. Si necesitaba algo… Lo único que necesitaba era… No, no importaba. Jamás volvería a pasar por lo mismo.

Se había pasado casi toda la noche llorando y reprendiéndose a sí misma. Ella era la única culpable.

El corazón le dolía terriblemente y tenía los ojos escocidos por las lágrimas y la falta de sueño. Era una completa idiota. No solo se había enamorado de Griffin King aun sabiendo que era una locura, sino que había empezado a… albergar esperanzas.

Pasó una mano por la almohada que Griffin había usado y apretó fuertemente el puño. No iba a derrumbarse. No iba a seguir llorando. Tenía que ser fuerte, ya que no solo debía pensar en ella. También estaba su hijo. Ella era una mujer adulta y acabaría superando su desgracia, pero Connor era solo un niño que no tenía ni tres años. Cuando se encariñaba con alguien lo hacía con todo su corazón, y a cambio esperaba recibir el mismo afecto. Era demasiado pequeño para comprender lo que significaban la traición o la decepción.

Al menos el padre de Connor se había marchado antes de que él naciera. No se podía echar de menos a alguien a quien no se conocía. Pero el caso de Griffin era diferente.

No podía explicarle la situación a su hijo. Tan solo podía esperar que algún día Connor olvidara al hombre al que había querido como si fuera su padre.

Por el momento olvidar era imposible, pero no tenía tiempo para revolcarse en la miseria. Tenía que ponerse en marcha. Levantó y vistió a su hijo y lo llevó a la cocina para el desayuno. Connor miró a uno y otro lado, confundido.

—¿Dónde está Griff?

Todo era culpa de ella, pensó mientras miraba los brillantes ojos de su hijo. Ella podía soportar el dolor, pero no ver sufrir a su hijo.

—Griffin ha tenido que marcharse, cariño —le dio unas cuantas fresas y un poco de yogur.

—¿Dónde? —empezó a aporrear la bandeja con su cuchara—. ¡Yo también! ¡Quiero ir!

Connor hizo un puchero y a Nicole se le encogió el corazón.

—Ya lo veremos —le dijo, y se maldijo por darle falsas esperanzas.

Decidió que, en cuanto hubiera dejado a Connor en la guardería, llevaría sus cosas de nuevo a casa. Lucas acabaría muy rápidamente el trabajo si ella le insistía. Y si no, siempre podría amenazarlo con una demanda.

Cuando volviera a su vida normal, comenzarían a sanar las heridas.

Unos días después Nicole seguía sin ver a Griffin, pero su casa volvía a ser suya y Katie y Rafe ya estaban de regreso.

–Sigo creyendo que Rafe debería darle una paliza –le dijo Katie, sentada en la nueva cocina de Nicole.

–Y te lo agradezco –respondió Nicole mientras le servía una taza de café.

Connor dormía la siesta, la casa estaba en silencio y Nicole seguía con un nudo de hielo en el pecho. Pero, fiel a su palabra, no había vuelto a llorar desde la noche en que Griffin salió de su vida.

–Hemos hablado de esto una docena de veces desde que volviste a casa –le recordó Nicole a su amiga.

–Y me frustra no poder decirle a Rafe que le dé su merecido. Estaría encantado de ayudar.

Nicole se echó a reír y apoyó los codos en la mesa.

–Seguro que sí. El pobre debe de estar harto de escucharte todos los días.

Katie sonrió y se encogió de hombros.

–Eh, es el deber de un marido. Escuchar a su mujer cuando ella necesita desahogarse por culpa de un sinvergüenza mentiroso y rastrero que le está haciendo daño a su mejor amiga.

Nicole suspiró y se llevó a la boca una de las galletas de chocolate con frambuesa, pero apenas sintió la explosión de sabores en su lengua.

–Te lo agradezco una vez más, pero Griffin no me ha hecho daño. Me lo he hecho yo misma.

–Tonterías.

–Él nunca fingió que lo nuestro fuera algo más que una aventura –era muy duro decirlo en voz alta, pero necesitaba expresarlo–. Fui yo la que me construí un castillo en el aire. Fui yo la que me enamoré. Es mi culpa, Katie. No puedes acusar a Griffin, por mucho que me gustara hacérselo pagar.

Katie también suspiró y agarró una galleta.

–¿Cómo lo lleva Connor?

Aquello era lo peor, sin duda.

–Sigue preguntando por Griffin. Quiere ir a verlo, y se despierta llorando por la noche.

Katie posó la mano en la ligera protuberancia de su barriga.

–Lo siento mucho por él.

–Yo también, pero poco a poco lo estamos superando –quizá si se lo repetía lo suficiente acabaría creyéndoselo.

–Bueno… –Katie contempló la reformada cocina–. Aunque lo hicieran a tus espaldas, tengo que admitir que es un trabajo formidable.

–Desde luego. Sé que debería estar furiosa con

Griffin, pero me encanta la cocina. Es exactamente como la había imaginado.

Y cada vez que entraba en ella recordaba al hombre que lo había hecho posible. ¿Hasta cuándo permanecería su recuerdo grabado en la casa y en su corazón? Tal vez el resto de su vida…

–Aún no me has contado nada de Italia –dijo, desesperada por cambiar de tema.

Katie la miró fijamente, le agarró la mano y le sonrió.

–Muy bien… Deja que te hable de la Toscana.

Nicole intentó apartar a Griffin de su cabeza y concentrarse en el relato de su amiga. Con un poco de esfuerzo se iría sintiendo mejor cada día. Y muy pronto Griffin ya no sería el centro de sus pensamientos.

–Janice –ladró Griffin por el teléfono–. Cuando Garrett llame pásamelo inmediatamente.

–Siempre lo hago –replicó ella con sequedad.

No era de extrañar. A su secretaria no le había hecho ninguna gracia que Griffin acabara sus vacaciones prematuramente. Sobre todo porque Griffin había vuelto a la oficina con un humor de perros.

–Tráeme el plan para la seguridad del museo.

–Enseguida –colgó y Griffin devolvió el auricular a su sitio con exagerada suavidad.

Si no lo hacía así, estaría tentado de arrojar el maldito aparato por la ventana. En todo momento se sentía a punto de estallar.

—Seguramente porque no estás durmiendo nada —se murmuró a sí mismo. Al marcharse de casa de Rafe y Katie se había alojado en un hotel, incapaz de permanecer por más tiempo cerca de Nicole y Connor.

Los últimos tres días los había pasado casi íntegramente en la oficina. Solo abandonaba el despacho cuando se quedaba sin fuerzas; entonces se iba a la suite de Beachside y permanecía toda la noche sentado en el balcón y pensando en Nicole. Lo que más deseaba en el mundo era volver a su lado, pero ya no había vuelta atrás.

Se recostó en la silla y contempló el interior de su despacho. Era exactamente igual al de Garrett, con un cuarto de baño provisto de ducha separando las dos habitaciones. A Griffin casi siempre se le hacía de noche trabajando y era una suerte poder ducharse y cambiarse de ropa en la oficina.

El mobiliario consistía en un sofá de cuero color burdeos, una gran pantalla de televisión, un minibar, una colección de fotos familiares en una pared y algunos premios que King Security había recibido a lo largo de los años. Tiempo atrás los dos hermanos se gritaban, provocaban y reían, cada uno desde su despacho.

Pero Garrett estaba con su mujer, y lo único que acompañaba a Griffin era un silencio sepulcral.

El negocio iba estupendamente. Todo lo contrario que su vida personal.

Pero tenía la solución al alcance de la mano. Bastaba con levantar el teléfono y hacer una llamada para concertar una cita con una mujer hermosa en un restaurante de lujo. Podría volver a su vida de antes y olvidarse de la maldita madurez.

—La madurez está sobrevalorada... —se dijo—. Que Garrett y los otros se conformen con una sola mujer. Alguien tiene que cargar con el muerto.

Alargó la mano hacia el teléfono, pero se detuvo y dejó caer el brazo sobre la mesa. No quería tener una cita con nadie. Ni encontrar una casa nueva, habiendo vendido ya la agencia su apartamento.

No había nada que le interesara.

Ni la casa. Ni el trabajo. Ni las mujeres. Nada.

Y esa apatía alimentaba su disgusto y frustración.

La puerta se abrió con tanta fuerza que golpeó la pared. Griffin se levantó de un salto y encaró a su primo.

—Rafe... ¿qué haces aquí?

Rafe King se plantó en el umbral, con las piernas separadas y los puños apretados.

—Quiero saber qué hiciste para que mi mujer esté convencida de que debo darte una paliza.

Griffin miró a Janice, quien detrás de Rafe sacudía la cabeza sin apenas mostrar sorpresa. Estaba acostumbrada a las peleas entre los miembros de la familia King.

Tampoco él se sorprendía de ver a su primo. De hecho, llevaba días esperándolo.

—Al menos cierra la maldita puerta.

Rafe lo hizo y se volvió hacia él.

–¿Qué has hecho? ¿Por qué con Nicole precisamente? ¿Es que no podías dejarla en paz? –parecía haberse calmado lo suficiente para no querer liarse a puñetazos con Griffin. Era una lástima, porque a Griffin le vendría bien una buena pelea. Irritado y frustrado, rodeó la mesa y se sentó en el borde.

–No lo había previsto así.

–No, claro que no –dijo Rafe, sentándose a su lado–. No planeaste nada. Aunque habría estado bien que lo hicieras.

–Sí, tal vez –admitió Griffin–. ¿La verdad? No sé en qué demonios estaba pensando.

–Te entiendo. Cuando conocí a Katie yo tampoco podía pensar en otra cosa.

–¿Te ha contado Lucas lo de la cocina de Nicole?

–Sí –Rafe frunció el ceño–. Tiene suerte de que Nicole no lo haya demandado–. No se puede ignorar a la ligera el contrato que firma un cliente, ¿sabes?

–No fue idea suya –le aclaró Griffin–. Eso también fue cosa mía.

Su primo se echó a reír.

–Parece que has estado muy ocupado, ¿no?

–Se podría decir que sí –Griffin sacudió la cabeza. Las dos últimas semanas las había pasado en una nube y le costaba volver a su vida normal Lo que sentía solo eran los restos del deseo. Y lo acabaría superando. Estaba listo para olvidarse de aquella experiencia y seguir adelante, como siempre había hecho.

Pero lo primero era aclarar la situación con su primo y evitar el conflicto familiar.

—¿Has venido en busca de pelea?

—Esa era mi intención, pero ya no —miró a Griffin—. ¿Y tú? ¿Has superado lo de Nicole?

—Lo superaré —lo dijo con una certeza que no sentía.

—Sigue diciéndotelo a ti mismo…

—¿Sabes, Rafe? Que casi perdieras tu oportunidad con Katie no te convierte en un experto de las relaciones.

—Tú lo has dicho, casi —señaló Rafe—. No voy a darte ningún consejo. Ni siquiera me escucharías.

—Cierto.

—Pero sí te diré una cosa, y es que si pierdes esta oportunidad te estarás arrepintiendo el resto de tu vida.

Griffin miró a su primo con ojos entornados.

—No te metas en esto, Rafe. Te lo digo en serio.

Rafe levantó las manos.

—Descuida, no voy a intervenir para nada. Estás solo en esto.

—Bien —murmuró Griffin de mala gana.

—Ahora me voy a casa a tomar las galletas de chocolate y merengue que Katie estaba haciendo hoy —sonrió—. Unas galletas que tú, por cierto, no volverás a probar nunca más.

Salió silbando del despacho, sin darle tiempo a decir nada. Apenas se marchó, entró Janice con un sobre.

—Aquí está el informe del museo.

—Gracias —murmuró Griffin. Agarró el sobre y Janice también se marchó, dejándolo otra vez solo.

Odiaba estar solo.

Se marchó pronto de la oficina.

No tenía sentido estar allí si no podía concentrarse en el trabajo, de modo que se fue a la playa. No soportaba las multitudes, pero últimamente soportaba aún menos la soledad.

La brisa marina le acariciaba el rostro mientras paseaba descalzo por la orilla. Sus pies descalzos se hundían en la arena mojada, el sol lo calentaba agradablemente y los sonidos y olores lo envolvían con un torrente de estímulos y sensaciones.

Dos niños jugando en la arena le recordaron a Connor destrozando alegremente los castillos. El olor de los perritos calientes le recordó las barbacoas en el jardín. Una joven pareja que se besaba ajena a todo el mundo le recordó los besos que Nicole y él habían compartido.

Recordaba su sabor, su olor, sus gemidos, el calor de su aliento en el cuello cuando se apretaba contra él... Recordaba la sensación de tenerla en sus brazos y el horrible vacío que sentía desde que se marchó de su vida.

Tenía grabado su recuerdo imborrable en la cabeza y en el corazón.

—¿Qué voy a hacer? —preguntó en voz alta.

Un grito agudo lo hizo girarse hacia el mar. Una mujer y su novio reían y retozaban en el agua y Griffin apretó los dientes al sentir una punzada de envidia.

Sin pensarlo, sacó el móvil del bolsillo, marcó un número y esperó. Al oír su voz le prendió una llama en el estómago.

—¿Nicole?

Ella guardó un largo y tenso silencio.

—Hola, Griffin.

No desbordaba entusiasmo, precisamente. Pero ¿qué se esperaba él? Tenía suerte de que no le hubiera colgado nada más oír su voz. Llamarla había sido una mala idea, pero ya no podía echarse atrás. Se volvió de nuevo hacia la reluciente superficie del mar.

Habían acordado que ella trabajaría para él, de manera que tenía derecho a llamarla para discutir los detalles. Era una llamada de trabajo, nada más.

—Quería saber si me dijiste en serio eso de trabajar para mí para pagar el deducible de la cocina.

Otro silencio.

—Claro que sí. No necesito que nadie me regale nada, ya te lo dije.

—Sí, sí, ya sé —la cortó él—. El caso es que, como tenemos encima el encargo del museo y tú ya conoces el proyecto, he pensado que podrías empezar con ello. Hay que calcular el salario de los guardias en turnos de cuatro y seis horas.

—Bien.

Griffin se la imaginó sentada en su cocina nueva, entornando los ojos con expresión pensativa. Tal vez Connor también estuviera allí.

Apartó esas imágenes y se concentró en el asunto que tenía entre manos.

–¿Cómo está Connor?

–Connor está bien –respondió ella secamente–. Y yo también.

–Me alegro –¿qué más podía decir? Era él quien había abierto una brecha entre ellos. Pero en su defensa debía alegar que aquel había sido el trato desde el principio, de modo que ignoró los remordimientos–. Bueno, pues le pediré a Janice que te ponga al corriente de todo para que puedas ponerte a trabajar cuanto antes.

Se le daba bien improvisar sobre la marcha… Apenas hacía unos minutos que se le había ocurrido aquella idea, y sin embargo parecía haber estado madurándola durante días.

–Necesitare un informe completo sobre los gastos para final de la semana.

–Lo tendrás –dijo ella–. ¿Eso es todo?

No, pensó él. Había más. Tenía que decirle que no podía dormir sin ella. Que se despertaba anhelando su tacto y sabor. Que el aire que respiraba le resultaba vacío e insípido.

Pero no podía decirle todo eso.

–Sí.

–Muy bien. Adiós, Griffin.

Colgó y Griffin tuvo que contenerse para no arrojar el móvil al mar.

***

El sol inundaba su preciosa cocina nueva, pero para Nicole era como estar sumida en un pozo oscuro.

La llamada de Griffin la había pillado desprevenida. No estaba preparada para oír su voz, y no pudo sofocar la dolorosa punzada que la traspasó como la afilada hoja de un cuchillo. Llevaba días intentando superarlo. Se había volcado en su trabajo y en su hijo, y casi se había convencido de que su vida volvía a ser normal.

Hasta que él tuvo que llamarla por teléfono...

—¿Griff viene?

Tuvo que hacer un gran esfuerzo por no desmoronarse. Si no por ella, al menos por su hijo.

—No, cariño. Griff no va a venir hoy.

—¿Mañana?

Nicole lo subió en brazos y se lo apretó contra el pecho.

—Ya veremos...

Capítulo Once

La vida en un palacio tenía sus ventajas.

Pero la soledad no era una de ellas.

Griffin nunca había visto a tanta gente junta. Para él era mejor así, pero no podía imaginarse cómo se las arreglaba Garrett para soportarlo día tras día. Eran docenas y docenas los sirvientes que pululaban por el palacio. Doncellas, cocineros, jardineros, lacayos… Incluso lacayos, por el amor de Dios. Como en la Edad media.

Ir a Cadria a ver a su hermano gemelo había sido una decisión repentina. Aquella era una de las ventajas de pertenecer a la familia King. Solo tenía que hacer una llamada y al minuto siguiente tenía a su disposición un jet privado, sin necesidad de aguantar las colas y los controles de seguridad en el aeropuerto.

Apoyado en la valla pintada de blanco, contemplaba el hermoso paisaje que se le ofrecía a la vista. El sol brillaba con fuerza en un cielo tan radiante y azul que hacía daño a los ojos. Los viejos árboles se erguían como silenciosos centinelas en el perímetro de la valla, y una agradable brisa le agitaba los cabellos.

Los jardines de palacio eran tan bonitos como

una pintura bucólica. Junto al prado se levantaba un enorme establo que era tan grande como el barrio de Nicole. Tras él, cerca del palacio, había un inmenso laberinto de setos y un rosal que impregnaba el aire con una fragancia exquisita.

A Griffin nunca le habían llamado la atención los caballos, pero se sentía más cómodo allí que en el interior del palacio. El protocolo y las formalidades le resultaban asfixiantes.

–¿Desde cuándo te gustan los caballos?

Griffin no se molestó en girarse. Permaneció con los brazos apoyados en la valla mientras observaba los magníficos caballos que estaban siendo domados por los adiestradores.

–No me gustan. Son grandes y tienen una mirada inquietante –se rio–. Está bien contemplarlos de lejos, pero ni loco se me ocurriría montarlos –desvió finalmente la mirada hacia su hermano–. Eso es lo tuyo.

A Garrett siempre le había encantado montar. Era lo único que no habían compartido los dos hermanos.

–Sí –repuso Garrett–. Es fantástico poder venir aquí y montar siempre que quiero.

–Así que ser un miembro de la realeza no está tan mal, después de todo.

–No está ni pizca de mal –corroboró Garrett, riendo.

–Me alegro por ti –le dijo Griffin. Realmente se alegraba por su hermano. El problema solo lo tenía él.

–¿Qué ocurre? –le preguntó Garrett–. No pienses que no me alegro de verte, pero tu trabajo está en Los Ángeles y estuviste aquí hace un par de meses.

Griffin entornó los ojos. No le interesaba especialmente lo que veía, pero no podía enfrentarse a la penetrante mirada de su hermano gemelo. Al verlos a él y a su mujer tan felices casi se arrepentía de haber ido a Cadria. ¿Cómo podría entender Garrett su situación, si vivía en un mundo de fantasía?

–Se trata de Nicole, ¿verdad?

Griffin no tuvo más remedio que volverse hacia él.

–¿Qué eres, adivino?

–No hace falta ser adivino para intuir lo que te ocurre –dijo Garrett, riendo.

Bueno, por algo había ido allí. Nadie lo conocía mejor que su hermano.

–Genial. Te basta con una simple mirada para psicoanalizarme. Y al menos a ti te hace gracia.

–Me rio porque no hace mucho tú me dabas el mismo consejo que yo estoy a punto de darte.

–Ah, esto es mejor todavía. Un consejo de segunda mano. Me ayudará mucho, sin duda.

–Eh, has sido tú quien ha acudido a mí. Y tengo que decirte que me preocupaste mucho al empezar tu relación con Nicole. No es la clase de mujer para usar y tirar.

–Yo no la usé y tiré –protestó Griffin. Simplemente le había entrado el pánico y había huido.

Lo cual seguía carcomiéndolo por dentro.

—Tampoco hiciste nada para seguir con ella, ¿verdad?

No, no lo había hecho, admitió Griffin en silencio.

—¿Ahora tú eres el experto en mujeres?

—No —respondió Garrett con una sonrisa—. Pero te conozco mejor que nadie. No solo somos gemelos, sino que ambos somos King.

—¿Y eso qué quiere decir?

—Quiere decir que nunca damos nuestro brazo a torcer, pase lo que pase —Garrett miró hacia el prado con el ceño fruncido y bajó la voz—. Para domar a un semental, los adiestradores tienen que actuar con mucha cautela.

—No me digas… ¿Vas a darme una charla sobre caballos?

—El semental no sabe que lo están domando, pero poco a poco empieza a cambiar sus viejos hábitos. Y sigue creyendo que lo hace todo a su manera.

—Ya. Gracias. Me ha quedado claro.

Garrett respiró hondo y volvió a intentarlo.

—El problema es que con Nicole te has visto en un terreno desconocido, por lo que tu primer instinto ha sido resistirte con todas tus fuerzas a lo que en el fondo querías con toda tu alma.

—¿Quién ha dicho que eso sea lo que quiero?

—Tú. Al estar aquí, contándome lo desgraciado que eres sin ella.

—No recuerdo haberte dicho nada de eso.

—No importa —dijo Garrett con un bufido—. ¿Recuerdas la noche que me echaste una bronca por lo de Alexis?

Griffin frunció el ceño.

—Vagamente.

Otro bufido.

—Entonces déjame que te lo recuerde. Me dijiste que era un imbécil por no ir en busca de lo que quería. Pues bien; me alegra decirte lo mismo.

—¿Cómo?

—Estas acostumbrado a un tipo muy específico de mujer. ¿Qué era lo que solías decir? «Salir con una mujer que tenga más de dos neuronas es perder el tiempo».

Griffin le dedicó una mueca que de ningún modo podría confundirse con una sonrisa.

—¿Eso es lo que quieres? —siguió Garrett—. ¿Volver a salir con mujeres que solo saben hablar de peinados y tratamientos de belleza?

Griffin cerró los ojos y recordó las noches en que se aburría como una ostra escuchando las banalidades de una mujer con tal de llevársela a la cama un par de horas.

—Una vez me dijiste que yo pasaba más tiempo en aviones privados que en mi casa —continuó Garrett amablemente—. Tenías razón, pero yo al menos tenía una casa. Tú has vendido la tuya y te alojas en un hotel. Dime, Griff… ¿en qué lugar te has sentido realmente en casa?

Griffin suspiró y se rindió a la evidencia.

—Con Nicole.

Garrett asintió.

—No solo te saca de tus casillas, sino que es más lista que nosotros dos juntos.

—¿Qué?

—Se percató del valor de aquel horrible broche de la colección de gemas. Ni tú ni yo nos habíamos dado cuenta.

—Yo me habría acabado dando cuenta —arguyó Griffin.

—De eso se trata. No necesitabas darte cuenta, porque ya lo hizo ella. En eso consiste trabajar en equipo, Griff. Y si eres tan listo como dices, no la dejarás escapar.

Griffin sabía, en el fondo, que su hermano tenía razón. Pero su cabeza seguía resistiéndose a creerlo.

—¿Cómo puedo hacerlo? No solo se trata de ella. También está Connor.

—Y eso te recuerda a Jamie, ¿no?

—Fue muy duro que apartaran a aquel chico de mi lado.

—Lo imagino —dijo Garrett, dándole una palmada en la espalda—. La diferencia es que, en esta ocasión, Nicole no alejó a Connor de ti. Te alejaste tú de ellos dos.

La verdad lo golpeó con una fuerza demoledora. Al intentar evitar la pérdida de lo que más quería en el mundo, Nicole y Connor, les había dado la espalda a ambos.

En el prado, uno de los sementales se lanzó al galope, levantando la tierra con sus cascos y con la crin meciéndose al viento.

—Soy un idiota.

—Enhorabuena —lo felicitó Garrett, riendo—. Es duro reconocerlo, pero una vez que lo admites, ya puedes arreglar las cosas.

—No lo sé —dijo Griffin. El corazón aún le pesaba como si fuera de plomo, y la cabeza le daba vueltas con un millar de posibilidades—. Creo que lo habría fastidiado todo si me hubiera quedado. No solo me alejé de Nicole, sino también de su hijo. Ella nunca podrá perdonármelo. Su exmarido le hizo lo mismo, antes de que Connor naciera.

—Ese sí que era un idiota. Pero él nunca volvió con ella, y tú sí lo harás —declaró con convicción—. Cometiste un error y lo solucionarás. Así somos los King. Tú no eres un idiota, Griffin. Sabes muy bien lo que quieres. Lo sabías cuando viniste aquí. Solo querías oírme decírtelo en voz alta y clara.

Su hermano tenía razón. Griffin no había tenido un solo momento en paz desde que abandonó a Nicole. Tenía que intentar recuperarla. No podía perder lo mejor que había encontrado en su vida.

—Seguramente me dé con la puerta en las narices al verme…

—No lo sabrás hasta que no lo intentes.

—Nicole y Connor se merecen lo mejor. ¿Y si fracaso como marido y padre? No es justo que ellos corran el riesgo.

—Maldita sea, Griffin, tú nunca has fracasado en nada que quisieras de verdad —Garrett lo empujó con dureza en el hombro—. Si ellos merecen lo mejor, tienes que dárselo.

Griffin asintió, sintiendo cómo recuperaba la confianza en sí mismo. En lo relativo a Nicole había dudado tanto que era un inmenso alivio ver el camino ante él. Sí, merecían lo mejor. Y él iba a asegurarse de que lo tuvieran.

–¿Y bien? –le preguntó Garrett–.¿Vas a quedarte a cenar esta noche?

Griffin sonrió con una convicción absoluta.

–Claro que no. Me voy a casa. Con Nicole.

Nicole echaba terriblemente de menos a Griffin.

Habían pasado días y todo seguía igual. El dolor crecía en su interior, hinchándose como una burbuja de aire envenenado hasta que casi no podía respirar.

Pero el dolor no era su único problema. A Connor también lo afectaba la ausencia de Griffin. Todos los días le preguntaba a su madre por él, y ella le explicaba lo mejor que podía que Griffin había tenido que marcharse. La angustia era insoportable.

La programación televisiva dejaba mucho que desear por la madrugada, pero era mejor que dar vueltas en la cama sin poder conciliar el sueño. Se tiró en el sofá, con una camiseta sin mangas y el pantalón corto de un pijama, y estuvo zapeando hasta dar con una teletienda donde se publicitaban los servicios de videntes y echadores de cartas.

Por solo cinco dólares el minuto un desconocido te decía cómo arreglar tu vida.

Pero ella no necesitaba un vidente para eso. Lo que necesitaba ya lo había perdido.

Fuera todo estaba en calma. Dentro, el volumen del televisor estaba tan bajo que apenas se oía. Por eso dio un respingo en el sofá cuando llamaron al timbre. Corrió hacia la puerta y agarró el teléfono de camino, por si tenía que llamar a la policía. Aunque bien pensado… ¿qué ladrón se molestaría en tocar el timbre?

Miró por la ventana que daba al porche y el corazón casi se le salió del pecho al ver a Griffin.

¿Qué estaría haciendo allí? ¿Y qué debería hacer ella? ¿Ignorarlo? ¿Abrir la puerta para poder cerrarla luego en sus narices?

Él volvió a llamar al timbre y Nicole tomó una rápida decisión. Si Griffin seguía haciendo ruido, Connor se acabaría despertando y a ella le costaría Dios y ayuda que volviera a dormirse.

Descorrió los cerrojos y abrió la puerta para enfrentarse a unos ojos azules que se clavaron en ella como rayos láser.

–¿Qué quieres, Griffin?

–A ti.

–¿Qué?

Imposible. Debía de estar soñando otra vez. No había otra explicación. En los últimos días apenas había pegado ojo, pero lo poco que había dormido solo había servido para que su mente la torturara con sueños como aquel. Soñaba con que Griffin volvía a su lado para pedirle perdón, algo que un King jamás haría, y le declaraba su amor inmortal. Y los sueños siempre acababan de la misma manera… despertándose y sintiéndose más vacía y desgraciada.

Él deslizó una mano hacia la puerta, como si pretendiera impedir que ella la cerrara.

–¿Puedo pasar?

No era un sueño…

–Creo que no –le negó, por mucho que le costara. Lo que realmente quería era arrojarse en sus brazos y sentir de verdad, no continuar en aquella media mentira que estaba viviendo.

Pero bajo sus deseos, esperanzas y necesidades yacía una amarga verdad. Griffin no solo la había abandonado a ella. Había abandonado a Connor. Le había roto el corazón a su hijo y ella no creía que jamás pudiera perdonarlo.

–Está bien –dijo él–. Lo entiendo. Estás enfadada, y tienes todo el derecho del mundo a estarlo.

–Es algo más que un enfado, Griffin –replicó ella–. Desapareciste de la noche a la mañana. Connor no deja de preguntar por ti, y yo solo puedo decirle que tuviste que marcharte.

Él apretó la mandíbula y agachó momentáneamente la cabeza.

–Lo sé. Y lo siento.

–Aquel día en la playa te oi, ¿sabes? –continuó ella, sosteniéndole la mirada–. Cuando le dijiste a tu hermano que lo sentías por Connor. Mi hijo no necesita tu compasión. Ni yo tampoco.

Griffin volvió a agachar la cabeza, antes de mirarla de nuevo a los ojos.

–Eso eran tonterías. Yo nunca he sentido lástima por Connor. ¿Por qué habría de compadecerlo? Lo tiene todo. Te tiene a ti.

Sus palabras aliviaron una mínima parte del dolor. Pero no bastaba con eso, ni muchísimo menos.

–Lo siento, Nicole. Por todo.

–No es a mí a quien tienes que pedir disculpas. O mejor dicho… no solo a mí.

–Eso también lo sé. La razón por la que he venido a estas horas es porque tenía que asegurarme de que Connor estuviese durmiendo. De modo que, si me dices que me vaya, él nunca sabrá que he estado aquí.

Ella se estremeció.

–Pero no me digas que me vaya –se apresuró a añadir él.

–¿Por qué debería hacerlo?

Griffin se agachó para recoger una gran bolsa blanca que reposaba a sus pies. Nicole no la había visto hasta ese momento, lo cual no era extraño, ya que no había apartado la mirada de sus ojos.

Él sacó un pequeño estuche de terciopelo verde. A Nicole dejó de latirle el corazón y se golpeó el pecho con una mano para intentar reanimarlo. Si aquello era un sueño, no quería despertar.

Griffin abrió el estuche y le mostró un anillo.

–Un zafiro estrella. Porque me recuerda a tus ojos. De un intenso color azul que esconde secretos y estrellas.

–Griffin… –sacudió la cabeza, volvió a mirarlo a los ojos y lo que vio la dejó sin respiración.

Era infinitamente mejor que en sus sueños. Ni en sus fantasías más alocadas habría podido conjurar el amor y la promesa de futuro que brillaba en los ojos de Griffin.

–Hay más –dijo él antes de que ella pudiera articular palabra. Volvió a hurgar en la bolsa y sacó un casco de bombero–. Es para Connor. Disfrutó tanto en aquel camión que pensé...

Nicole agarró el casco y acarició la visera de plástico. Era de color rojo con una insignia dorada. A Connor le encantaría. Las lágrimas amenazaron con afluir a sus ojos al mirar al hombre que la observaba estoicamente.

–Déjame entrar, Nicole... –le susurró–. Por favor.

¿Cómo negarse? Aquella visita la había conmovido profundamente. Asintió y se apartó para permitirle el paso. Él cerró la puerta y le quitó el casco para dejarlo en una mesita.

El salón estaba a oscuras, iluminado únicamente por el televisor encendido y las farolas de la calle. Griffin alargó su mano libre para acariciarle la mejilla. El tacto de sus dedos era mágico, pensó Nicole, y deseó con todas sus fuerzas que hubiera un mañana al que ambos pudieran aferrarse.

Pero antes tenía que escuchar sus explicaciones y estar completamente segura de que nunca más volvería a abandonarla. Ella podría correr el riesgo, pero nunca arriesgaría la felicidad de su hijo.

–Me equivoqué, Nicole –susurró él–. Me equivoqué al marcharme y arriesgarme a perderte para siempre. La única excusa que tengo es que no tenía previsto enamorarme. Me pillaste desprevenido.

—Y tú a mí.

—Nunca me había sentido capaz de amar a alguien como te amo a ti. Nunca me había imaginado como marido o como padre...

Ella retrocedió instintivamente, pero él la sujetó por los brazos.

—Pero eso era antes y esto es ahora. Te quiero, Nicole. Os quiero a ti y a Connor. Quiero casarme contigo y adoptar a Connor, si tú estás de acuerdo. Quiero ser tu marido y su padre. Y quiero tener más hijos. Tantos como podamos tener —una sonrisa cálida y sincera le curvó los labios—. A los King nos gustan las familias numerosas...

—Más hijos —repitió ella.

—Muchos más —declaró él con una voz cargada de propósito y deseo.

Nicole no pudo seguir conteniéndose. Empezó a llorar y Griffin reaccionó al instante. La estrechó entre sus brazos y le apartó delicadamente las lágrimas que le caían por las mejillas.

—Te juro que esta es la última vez que te hago llorar, Nicole. Se acabaron las lágrimas.

Ella quería creerlo. Necesitaba desesperadamente aferrarse a la felicidad que Connor le ofrecía. Por ella y por Connor.

—Te estoy pidiendo una oportunidad, Nicole —se echó hacia atrás para mirarla a los ojos—. Otra oportunidad para demostrarte lo mucho que os quiero a los dos y para convencerte de que soy el hombre que más feliz puede hacerte –la besó brevemente en los labios–. Y te juro que merecerá la pena aguantarme.

Ella soltó una débil y temblorosa carcajada y sintió que el hielo que le rodeaba el corazón empezaba a resquebrajarse.

–Lo tomaré como una buena señal –dijo él con una sonrisa que le llegó a Nicole al alma–. Pero quiero que sepas que, aunque ahora me digas que no, no cesaré en mi empeño. Ni ahora ni nunca. Sé lo que quiero, Nicole. Y estoy dispuesto a luchar lo que haga falta para conseguirlo. Esperaré hasta que estés segura, pero nunca me daré por vencido.

Le agarró la barbilla con los dedos y le acarició la mejilla con el pulgar.

–Volveré mañana por la noche, y la siguiente, y la siguiente, hasta que pueda convencerte.

–¿Crees que podrás convencerme? –le preguntó ella, sintiendo cómo brotaba en su interior la esperanza de un futuro maravilloso.

–Cariño, soy un King. No hay nada que se nos resista.

–¿Griff? –Connor entró en el salón, en pijama y con el cocodrilo bajo el brazo. Al ver a Griffin se le iluminó el rostro con una amplia sonrisa–. ¡Griff ha vuelto!

–Sí, campeón –dijo él, mirando con cautela a Nicole–. He vuelto. Y te prometo que no volveré a marcharme.

Connor corrió hacia él y Griffin lo levantó en brazos.

–Te echaba de menos –dijo el crío, muy serio.

–Lo sé, y lo siento. Yo también te echaba de menos. Pero te he traído un regalo –agarró el casco y se lo puso al niño en la cabeza.

–¡Soy un bombero! –gritó Connor.

Nicole no cabía en sí de gozo. Al ver juntos a su hijo y a su amado todo su mundo encajaba a la perfección. Todo era como debía ser. Lo único que ella debía hacer era dar un pequeño salto de fe y confiar en el amor que Griffin y ella se profesaban mutuamente.

–¡Mamá! ¡Griff ha vuelto!

–Ya lo veo –se acercó a los dos hombres de su vida–. Y creo que debería quedarse, ¿no te parece?

Griffin la miró fijamente a los ojos, y Nicole leyó en su expresión todo lo que necesitaba saber. Aquello no era un juego ni una aventura. Era lo mejor que le había pasado nunca. Y no iba a desperdiciar ni un solo minuto.

–¡Quédate! –exclamó Connor–. Quiero un cuento.

–Por supuesto –dijo Griffin, y alargó el anillo de oro y zafiro hacia Nicole.

Ella levantó la mano izquierda y observó emocionada cómo se lo deslizaba en el dedo. El peso y las dimensiones eran perfectas. Todo era perfecto.

A la parpadeante luz del televisor se acababa de formar una familia.

Nicole se inclinó hacia Griffin y sintió la fuerza de sus brazos rodeándola. Su sueño se hacía realidad.

–Vamos a acostar a nuestro hijo –dijo Griffin con una sonrisa–. Y luego podremos… hablar. Voy a demostrarte cuánto te he echado de menos.

Un amor incontenible prendió dentro de ella y se propagó con una fuerza capaz de borrar todas las frustraciones, sufrimiento y amarguras de su vida.

Solo quedaba una cosa por decirle.

–Bienvenido a casa, Griffin.

Deseo y traición

HEIDI BETTS

Al descubrir que una empresa rival le había robado sus creaciones, la diseñadora Lily Zaccaro se juró que atraparía al ladrón. Se le ocurrió un plan perfecto: marcharse a Los Ángeles y, con otra identidad, emplearse como secretaria de Nigel Stratham, el sexy presidente de la compañía rival.

A medida que las largas jornadas laborales se convertían en noches apasionadas, Lily trataba de centrarse en su misión secreta. Esperaba que Nigel fuera inocente, porque estaba atrapada en la ardiente relación que mantenían. Pero, frente a tanto engaño, su amor pronto estaría en la cuerda floja.

Diseñadora secreta

¡YA EN TU PUNTO DE VENTA!

Acepte 2 de nuestras mejores novelas de amor GRATIS

¡Y reciba un regalo sorpresa!

Oferta especial de tiempo limitado

Rellene el cupón y envíelo a

Harlequin Reader Service®
3010 Walden Ave.
P.O. Box 1867
Buffalo, N.Y. 14240-1867

¡Si! Por favor, envíenme 2 novelas de amor de Harlequin (1 Bianca® y 1 Deseo®) gratis, más el regalo sorpresa. Luego remítanme 4 novelas nuevas todos los meses, las cuales recibiré mucho antes de que aparezcan en librerías, y factúrenme al bajo precio de $3,24 cada una, más $0,25 por envío e impuesto de ventas, si corresponde*. Este es el precio total, y es un ahorro de casi el 20% sobre el precio de portada. ¡Una oferta excelente! Entiendo que el hecho de aceptar estos libros y el regalo no me obliga en forma alguna a la compra de libros adicionales. Y también que puedo devolver cualquier envío y cancelar en cualquier momento. Aún si decido no comprar ningún otro libro de Harlequin, los 2 libros gratis y el regalo sorpresa son míos para siempre.

416 LBN DU7N

Nombre y apellido	(Por favor, letra de molde)
Dirección	Apartamento No.
Ciudad	Estado	Zona postal

Esta oferta se limita a un pedido por hogar y no está disponible para los subscriptores actuales de Deseo® y Bianca®.
*Los términos y precios quedan sujetos a cambios sin aviso previo.
Impuestos de ventas aplican en N.Y.

SPN-03   ©2003 Harlequin Enterprises Limited

Exigencias de pasión

ANDREA LAURENCE

Cuando Wade Mitchell se encontró cara a cara con Victoria Sullivan, tuvo que replantearse su táctica habitual. Quería comprar algo que ella tenía, y tenía que hacerlo rápidamente. El fuego que había entre ellos era abrasador, así que debería ser fácil.

Pero doblegar la voluntad de Tori iba a ser complicado. Ella no estaba dispuesta a ceder ante el hombre que la había despedido en el pasado. Wade, sin embargo, tenía que seguir intentándolo, porque si no lo hacía, se arriesgaba a revelar un secreto que podía acabar con toda su familia. Si las negociaciones fallaban, solo quedaría la seducción…

Siempre hay margen de negociación

¡YA EN TU PUNTO DE VENTA!